U0963003

长篇小说

歸中原

江 北——著

時代文藝出版社

图书在版编目（CIP）数据

归原 / 江北著．—长春：时代文艺出版社，2019.9

ISBN 978-7-5387-6153-5

Ⅰ．①归… Ⅱ．①江… Ⅲ．①长篇小说－中国－当代 Ⅳ．①I247.5

中国版本图书馆CIP数据核字（2019）第184040号

出品人　陈　琛
产品总监　邓淑杰
责任编辑　闫松莹
封面题字　景喜猷
装帧设计　李　斌
排版制作　隋淑凤

本书著作权、版式和装帧设计受国际版权公约和中华人民共和国著作权法保护
本书所有文字、图片和示意图等专有使用权为时代文艺出版社所有
未事先获得时代文艺出版社许可
本书的任何部分不得以图表、电子、影印、缩拍、录音和其他任何手段
进行复制和转载，违者必究

归原

江北　著

出版发行 / 时代文艺出版社
地址 / 长春市福祉大路5788号　龙腾国际大厦A座15层　邮编 / 130118
总编办 / 0431-81629751　发行部 / 0431-81629755　北京开发部 / 010-63108163
官方微博 / weibo.com / tlapress　天猫旗舰店 / sdwycbsgf.tmall.com
印刷 / 吉林省吉广国际广告股份有限公司
开本 / 660mm × 940mm　1 / 16　字数 / 135千字　印张 / 14
版次 / 2019年9月第1版　印次 / 2019年9月第1次印刷　定价 / 52.00元

图书如有印装错误　请寄回印厂调换

目 录

引　子

1645年，在女真人聚居的村子里，一片密林下面的山坡上，出现了汉人的木屋。夏末时节，女真人的村子里闹瘟疫。山坡上的汉人熬制了药汤，喝了药汤，昏沉的女真人就从奈何桥转了回来。这药汤被叫作归魂汤。后来，在此基础上，山坡上的汉人调配出了“归元散”。

这是个传奇故事。可以写得更详细或者出神入化一些。不过，没这个必要，因为还有另外一个故事。但在讲之前，还要说一件事。

1985年，改革开放之初，在那片密林下面，山坡上已经形成的村子里建了制药厂。归元散的药方是村里一位八十岁独居老人献给药厂的。据说老人曾有过一个儿子，但是1960年代离开这里，再也没回来。所以，老人一直住在村里的养老院，由村集体赡养。他跟药厂负责人说，祖传的原始药方在十几年前丢了，现在这个是凭记忆写出来的。他说的这个当然不会有人在意，“文革”期间，丢了些，砸烂些，烧毁些，也正常。

时间又过了三十年，药厂历经无数次大起大落却没有倒闭破产，主要是因为有这归元散。

2015年的某一天，药厂收到了一封商业起诉函。这封起诉函带来突如其来的危机，也令人疑窦丛生。

起诉函称，日本方田制药株式会社在进行中国市场调查时，发现该药厂生产的归元散，与其在1972年通过国际注册生产的归元膏，在药物成分配方上的一致率超过国际规定，怀疑该药厂通过商业犯罪获取药物配方，所以，根据国际关于金融商业的条例，对该药厂进行起诉。

这实在是莫名其妙。药厂找出一系列的相关资料，但是怎么也找不到1972年之前的。也就是说没有任何具体证据证明药物配方存在的时间，当然了，除了传奇故事。根据国际知识产权的相关公约，若相关证据确凿，可能会有停产，封存所有药品，赔付对方经济损失等一系列风险。

这就像一个结婚三十年的老妇，一直含辛茹苦，辛劳持家，不招谁不惹谁，突然被杀了。杀她的人不但不认识，更不知道为什么！

的确，匪夷所思。而恰恰因为匪夷所思，才要刨根问底。其实不为什么，仅仅只是弄清楚为什么的原因，换句通俗的话说，死也得死个明白。

第　一　章

方田一郎是个诚实的人，这是所有认识他的人给出的一致评价。但早些年，他却被很多人嘲笑。有许多次，当他出现在政务厅时，“瞧，这个家伙又来了。”一个人说道，“看样子，这家伙屁股上的蓝章还不够多。”另一个人哈哈大笑，然后嘴里发出类似马蹄响的“咔嗒，咔嗒”声。

他不高，不壮，但身材挺拔，步伐的速度和节奏倒是真的很像马。而且有人计算过，即使被盖上“不予通过”的蓝章后，他出去的步伐也跟进来时一样，二分二十二秒，后来有人见他进门，调侃地喊“三个二来了”。

意外的是，他总是绷得紧紧的脸居然露出了笑容，而且说了一句话，“三个二是炸弹。”听到这话，所有的人面面相觑，一种说不出来的难堪，以及被耍后尴尬的表情纷纷呈现。

那时他还年轻，不到三十岁，刚刚开始筹建方田制药株式会社。他手里拥有一项专利药物，名字叫归元膏，属于汉方方剂。归元膏一共二十四味草药，是在古方汉方基础上延续下来的，因为这药方里可以看到不同朝代医者在用药方面的喜好和习惯。尤其是作为辅助的药，桑葚果、叶、枝，居然多达三味，甚至有喜欢考古的汉方专家推断，从这药方看，所用药材应该是就地取材。而药方里的这三味，作用是奇妙的，就像带动能量的微小粒子。可以说，归元膏使治、调、养几乎得到同时同步，对改善心血供应、心内循环，缓解室颤房颤，甚至对于心脏骤停疗效显著。

没错，这项专利方剂被汉方专家认为是“绝妙配方”。汉方在日本的历史也可谓悠久，应用治疗范围极其广泛。不过在当时20世纪60年代，提取的技术水平、精良程度，以及最主要的购买人群，基本都由大制药厂占据绝对优势。

所以，也有人断言，即使拥有专利，方田一郎也很难找到投资和贷款的。尤其方田一郎让人觉得怪异的、不可理喻的，是他让人难堪的举止，以及所谓的诚实。在政务厅里，他面对无数次审视，回答友好的或者不友好的问话时，自始至终都戴着帽子，即使秘书小姐提醒他脱帽，也无济于事。这让人反感，还觉得他目中无人，甚至有人气愤地当面讥讽说：“跟女人上床时，是不是也戴着帽子？”

“不戴。”他回答，而且一本正经。

“那是个让别人觉得自己是傻瓜的人。”一个人小声嘀咕。

“让人尴尬，这样很好玩，是吗？”另一个人直接问。

“不是。”他再一次一本正经地回答。他话少，语言简洁凝练得恐怕让那些自称极简主义的人也会自叹不如。但是他说话又句句切中要害，就像嘴里含了把手术刀，刀刀精准，又条理清楚，最主要的是让人无反驳的余地。

“这个混蛋，为什么让别人难堪呢？”看着他的背影有人说道，“不过他说的是真话，戴帽子做爱，真是愚蠢。”

“是吗？真话是吗？”那个人说道，“那么，我最好也说真实的话，这个傻瓜说不能保证获取收益，却想在我们这里拿走一大笔钱，我的意见就是……”说到这，看看其他人，双手交错，“啪”地，将蓝色印章盖在上面。

“他实在不讨人喜欢，但是，但是……”一个满头白发的男人说，“又不得不承认，他是个诚实又坚韧的人。”

有人开始打赌，说一年——也就一年——方田一郎就会被“不准予通过”彻底击垮，而卖掉专利。

但是，一年过去了，方田一郎还是每隔三十天准时出现在政务厅，一丝不苟地每次都像第一次一样从草药的习性、功效、药用，以及制备方法，甚至对古法制作归元膏的药理以及分离技术进行叙述。所有人都知道，这不是医学院那些能背出《伤寒论》的学生所能做到的，而是从小耳濡目染学习来的，而药方也一定是经过几代人的经验总结得来的。当然了，他的资料上也确实注明了，归元膏是祖传方剂，是他养父祖传，文件里还有一份他养父的证明。为了证明他的草药知识是家传，他还当众演示过品鉴蜜丸的草药成分。

过程相当精彩，用布蒙住双眼，然后任由谁拿出一丸蜜丸，他蒙着眼睛把药丸切成片，然后用鼻子闻，用舌头抿，用手捻，之后，他能准确地说出主要的草药成分。

可以说因为他的坚持不懈，项目投资小组的人开始动摇，讨论得比较激烈。虽然还是有少部分人认为，要么他是个傻瓜，要么就是把大家当成了傻瓜，但是，大部分人已经认可了，归元膏具备一切好药的特质，而且方田一郎是个对草药钻研颇深的人。会议室出现意见相左的局面："他却不说保证利益，不能保证市场，那么，有什么理由要从我们的腰包里拿走那么多钱呢？"

"很显然，真话总是让人不愉快，但归元膏是好药，不是吗？"

"他是个诚实的人，而且一直用诚实检验诚实，他用诚实告诉我们，你们是一群不敢面对诚实的傻瓜。"

这话也是够让人懊丧了，反驳的人低着头，注视着眼前已经看过无数遍的申请。不管怎样，所有的人都承认，方田一郎是个诚实的人。尽管有时让人不舒服，但他依然是诚实的人。

有人敬佩他，追随他，认为他具有英雄特质。也有人质疑他，认为撒谎是应激反应，人类在面临选择时往往更容易选择妥协，因为这个特性，撒谎更容易些，而诚实则是一种克制、刻意的约束行为。也就是说当一个人诚实得令人匪夷所思时，只有两种情况，一种是智商缺欠导致，一种就是刻意掩盖，掩盖不为人所知的秘密。

当然了，第一种情况是不可能的，至于第二种也无从考证。可以说，他是那种在身前设置了一道防火墙，让人觉得神秘莫测的男人。

第　二　章

现在，他已经七十六岁了，喜欢早上到树林散步，手里提着喂食桶，把谷米在林间空地撒成麦穗形状。然后，他站在“麦穗”下面，看着阳光印在地上的影子。岁月没有改变他身影的挺拔，也没有改变他所拥有的诚实人的荣誉。而且这个荣誉已经渗入到方田制药出品的每一种汉方成药里。

当初归元膏的配方，经过这几十年研发，已经衍生出子药方、孙药方，达到几十项之多。而且归元膏在欧洲以及亚洲一些国家进行了专利布局，从成分、剂量、制备方法、包装工艺等方面同都进行了很全面的专利申请。可以说，一副归元膏成就了方田制药，成就了方田一郎。也正因为这样，他性格上、待人接物上的让人不舒服，或者说不礼貌，慢慢地被接受，甚至变成前面所说的神秘感。即使有了白发和皱纹，皮肤松懈，但这些都没有使他看上去衰老不堪，反而呈现了比之前要温和的，甚至可以说慈祥的面目。还有一个明显的变化就是，他的语言虽然依然简洁，但稍微，或者按照当下年轻人的话说，多了一丢丢。

说来说去，实际上就一句话——尽管很老，但他依然有吸引力。当然了，这吸引力跟方田制药株式会社社长的身份有关。

还有一点要说明一下，虽然他外表冷酷，性格怪异，很不好接近，但是，从年轻开始就有很多女人喜欢他。很可惜的是，几乎没有一件可以称得上是真正的风流韵事。唯一的一次，大概还是在三十年前——1985年。

在走廊边的打字室里。那不是个小巧的日本女人，而是有着北方女人强壮骨骼的中国女人，圆脸，不大不小的眼睛，以及比例适中的嘴，鼻子圆润精致。她看人的眼神坚定，但却有一丝担心被伤害的戒备。

他经过，马上退回来，站在门口看着她。她有些慌，停下手里正要放进碎纸机里的废文件，鞠躬问好。

“你叫什么？”他问，“新来的？”

“杨玲。”她颤着声音回答，“是上个月录用的小时工。”

“中国人？”他问道，“留学生？”

“是的。”她躬身回答，“司法学院国际法专业。”

此后，每天下午三点，他都会从办公室出来，站在打字室门口，目不转睛地望着杨玲小姐。他既不说话，也不动，事实就是这样。“事实就是这样，他像个炸弹，好像就等着我被炸飞。”杨玲小姐说，“我就像陷在陷阱里的兔子，脱不了身了。”她给女朋友打电话苦恼地说。

“他是社长？老而有魅力，是吗？”女朋友嘻嘻笑着说，“从心理学角度讲，你的语气证明你的烦恼是矛盾的，不是实际的讨厌，是吗？”电话那头传来学心理学的女朋友带着解析意味的声音。

“他很特别，眼神不是色相，而是深情，那种让人心碎的深情，感觉你就是他全世界的唯一。”

“可怜的孩子，你完了。”

“你说怎么办？他是日本人，还有妻子，孩子。”

“这个很危险。”

杨玲感到了这种危险，就像兔子嗅到了猎人的圈套，不想钻进圈套，知道那是很危险的，但是又忍不住好奇。这样复杂又惶恐的心情让她开始胡思乱想起来。一个人在打字室，偷偷对着小镜子，自言自语：“你觉得自己有什么与众不同吗？你觉得自己漂亮吗？那么到底是什么？你别以为这很好，这只是他们的把戏。”就在她絮絮叨叨的时候，他出现在门口。杨玲小姐从镜子里看见了他的眼睛，专注的，深情的，就像有一团火焰。

忽地，她站起来，扬起下巴，眼睛斜着，用北方女人特有的干脆又硬硬的语气说："您到底想做什么，就请说吧！但是，我想我不会答应的。"

而他眨眨眼睛，像是清醒了，眼神恢复了冷淡。但随即，一丝难过。和伤心出现在脸上，他转身离开的身影，让杨玲一下子内疚自己那样说话，她觉得伤害了他。从那天开始，杨玲再也没有出现在打字室，而他再也没有出现在打字室门口。但是，这情景一直在杨玲的记忆里，不管过了多少年，想起来还像刚刚发生般清晰。

这只是个小插曲，而除了这个小小的插曲，他的生活就像白开水般干净又寡淡。

这不是有些奇怪吗？而且早年间，他娶的那位是谈不上漂亮，又大他三岁，且曾结过婚的日本女人。那个女人叫洋子，是个小巧温柔的女人。当时，她有一间因肺病去世的前任丈夫留下的货栈。而之前，方田一郎一直在这货栈里工作。这样不是说他们此前有什么不耻行为，相反他们之间几乎没说过多少话。

结婚前，他被洋子的父亲冈本三雄怀疑是因为图谋财产。所以他到冈本三雄的家里求婚时，遭到了质问。而出乎意料地，按冈本先生的说法，方田一郎极其无耻地承认了。

可想而知，冈本三雄这个从中国东北战场回来的老兵会气得怎样暴跳如雷。以至于，他在老兵俱乐部大骂方田一郎给女儿洋子下了迷药。

“你该拿鞭子抽他，或狠狠地扇他耳光。”旁边喝得醉眼蒙眬的人说。

“是该惩罚他，那可恶的狗杂种瞪眼睛的样子很让人讨厌，”冈本先生说道，“真是被气昏头了。还有洋子，也真是可恶。居然说我‘愿意，我愿意’。”

“你这个在战场上杀人无数的老兵，被打败了是吗？”这话不知道出自谁口，惹得冈本三雄当时摔了酒杯。

尽管这样，他还是和洋子结了婚。尽管在他身上看不出新婚的激情，但是，他却突然健壮了。而这种健壮的爆发是来源于女人的，也就是说只有在女人身上才能获取这属于男人而不是男孩儿的健壮。

时而，他们也会一起看场电影，或者到纪念碑大道散步。但是，不像新婚夫妻之间洋溢着甜蜜，他们彼此间不说什么，默默地坐在电影院座位上，旁边是一对对亲昵的男女。而在路上，他在前面走，她在后面跟，距离保持得正好，过远他站下，当她离他大约两三步远时，他又接着往前面走。就这样，他们度过了三个月。

一天，他带洋子到了郊外。这是个有些阴郁的下午，一处废弃的院子长满了草，几间歪斜的仓库门前堆着破损的木箱，如同滞住的空气里飞着嗡嗡的蚊蝇。他在前头自顾自地走，洋子在后面跟着。到处都是碎石块，绊在脚前，洋子鼓着两腮，小心地走着。突然，他回过头说，把货栈卖掉，搬到这里来。

“可是，可是……”她呆了，“这里没法住……”

他伸出一只手握住了她的手，在帽檐阴影下的眼睛像深潭一般，她看着那双眼睛，想起他刚来货栈时的情景——那天的天空是亮的，太阳闪着刺眼的光，他从外面走进院子，站在门口，仰头望了望天，然后低下头。就在以为他在思考什么时，他却突然地走过来。看着他过来，洋子心莫名其妙地怦怦跳，不知为什么她逃进屋里……

她吸了口气，突然说道：“你知道你的求婚有多讨厌吗？你说：‘嫁给我，或许有点儿唐突，但这是最好的选择。’你就像在谈一件平常的事，想想真是可恶。”

他松开她，转身两三步就跨到木箱堆上，然后像小孩子似的顽皮地在上面一跳一蹦的，身体敏捷得如同豹子。他站在最高位置，停住，然后大声地说，应该是问，“那么，你选择，来这里吗？”

听了这话，洋子感到一阵恐惧挤在喉咙里，眼睛里涌出了泪水。她的前任丈夫叫石也川谷，大她十岁，三期肺结核。川谷更像一个大哥哥而不像丈夫，他教她下棋、读诗，还教她包中国式的饺子。还跟她讲中国东北，讲绕两条街去豆腐店。豆腐店里的女孩儿，穿着学生裙坐在门前看书，他过去说买豆腐。女孩儿放下书，然后拿起铲子，她的手就像豆腐一样白。他每天都去，每天都去，但是后来连告别都没来得及。川谷说爱情不仅仅是在一起时的甜蜜，还有离开时的难过。想到这，她的呼息更加急促起来，说道：“有时要放过自己，才能松口气。但是，我就是不会放过自己，因为我左右不了我的心。半夜醒来，看着你像个孩子，蜷缩着身子睡觉的样子，我就想抱住你，永远抱住你。我很想放过你，那样我就会轻松些，但是我的心不同意，它会让我难过。我不想难过，真的不想难过，所以，我只能顺着我的心，跟你来这里，因为我无法忍受半夜醒来看不到你。”长长地呼气，又接着说道，“川谷君说只有爱情，才会让人做莫名其妙的事。”说完，她挤了挤鼻子，就像刚哭过般抽了一下。

“那么，你答应了？”咕咕，啾啾，鸟儿的叫声发自他的喉咙，他跳起来，爬到旁边的一棵有些歪但是还算粗也算枝叶茂密的树上。隐藏在这茂密里的笑脸，是那样的灿烂，像一个童真的孩子。洋子望着这笑脸，呆了。这是她从没见过的，那一刻她觉得父亲说得对，自己从来没有了解他。一个念头，一个翻腾着浪花般的念头出现在脑海，为了这笑容，付出什么她都心甘情愿。一股说不出来的热涌遍全身，她目光灼灼地盯着他，没有说话，就是那样炽热地看着他。

就这样，用眼睛，他们注视着对方，头发，脸颊，嘴唇，下颚，滑过脖子时，他跳下，越过木箱，像风一般扑过来。她用全部迎合着他。

这是一次真正的结合。他把脸埋在她的胸口，她双臂紧紧地搂着他，脸如同水洗般清澈，透出一种圣洁的光辉，“你真美。”他说，“像个刚刚清洗的苹果般诱人。”

“你真厉害。”身下的草从衣服边缘蹭出来，挠得她裸露的皮肤痒痒的，他们的身体还有些红，激情还没有完全消退。

他支起双臂，看着她，“终于迈出了第一步。”他说，“比预想的快了很多。”

“你说什么？”她不明白。

“拿到了执照。”

她尴尬地笑一下，从正说着情话的情景中，突然转变到他的事业。这让她残留的激情一下子消退了。她起来，帮他拿过衣服，微微扬着不怎么漂亮的脸，默默地帮他穿上，然后，在他的胸口亲了一下，扣上扣子，慢慢展开笑容，那是一点点荡漾开来的笑容。他舒服地靠着她，手在她的乳房上，一点点地握紧，然后牢牢地握在手心里，再也不松开。那一刻，她知道，自己跟这个男人再也分不开了，凝望他，她的笑容就像水面的粼粼波光了。这次结合，孕育了他们第一个孩子——一夫。

第 三 章

五十六天后，一切就修缮完毕了，仓库改建成厂房，侧面搭建了办公区，办公区的楼上就是他们一家的住所。这时，他到科技中心图书馆挑选了一张精致的亚洲地图，之后又镶了个牢固的木框，挂在了办公室的墙上。

从那以后，他除了把自己像固定在工作台上似的工作，剩下的就是心事重重地看着那幅镶在镜框里的亚洲地图。当然了，心事重重是应该的，因为毕竟一个代理商都没有找到。一方面欠着银行贷款，一方面产品销不出去，即使就像苦役般地干活，也是没用的，工人们私下里说："主要是要像汽车厂商，打巨型广告，再加上女明星的宣传。"而他却依然保持着冷静，往返于车间与办公室之间的身影也依然像一只豹子般敏捷。

"他这里糟糕透了，可能像糨糊黏在一起了。或许以后我们要上大街上卖药了！”说话的人发出怪异的声音，“大婶，大婶，看看这个，看看这个。”

“不要瞎胡闹，可以吗？”说话的人叫小野矿山郎，1945年出生，他的父亲二战时曾是关东军驻伪满洲特训机构的刑侦刑讯课教官，对轨迹学颇有研究。小野矿山郎从小接受父亲口中的“圣战”，心里就一直遗憾自己晚生了二十年，如果不是这样，他也有机会参加帝国部队，参加他爸爸口中的“圣战”了。有一次，他在跟人炫耀他老爸时，方田一郎听见了，突然说了句“战争从来都是操蛋的”。

本来这抢白的话，在其他人听了会很不开心。可是，小野是个——怎么说呢——虽然有点儿好斗的基因，但骨子里算是个顽皮的人。打个比方，就是不管他怎样保持严肃的神情，在别人看起来也像滑稽戏里小丑在做着鬼脸。而方田一郎看似有些冷酷的形象，正好符合了他渴望拥有的形象。所以，对于方田一郎，可以说他是崇拜的。

“小时候，我爸教我说，要是想知道对方是什么样的人，就看他的眼神在哪里。”

“社长眼神在哪里？”一个人问道。而另一个人答道：“社长眼睛太小，看不见啊！”说完，干干的空气里出现各种油油腻腻的笑声。

“亚洲地图。”小野不理会别人的笑声，自顾地说：“注意到了吗？他每天都会站在亚洲地图前，盯看地图的时间我测过，每次最少五分钟，而且他眼睛的抛物线轨迹，不管从哪里都会滑过亚洲地图。社长的心愿一定是想让方田制药株式会社占领亚洲市场。”

“社长说过吗？”那个人问，“胡扯吧？”

“我爸爸！我说了我爸爸是教刑侦刑讯课的，他告诉我，一个人不管怎样伪装，但是眼睛的轨迹欺骗不了人，知道吗？轨迹代表潜意识，说白了，就是代表你想得到的。你们这些猪头想想，你们的眼睛整天往哪里盯？”

几个人相互看看，有人说道：“你这乳臭未干的浑小子，在教训我们吗？”

“怎么，说那么难听的话，不该被教训吗？”小野鼓着腮，斗志昂扬地说道。

几个人又彼此对视了一下，然后一起走上来，说道：“那么，我们就先替你那个教刑侦刑讯课的老爸，教训教训你怎么尊重前辈。”

已经怀孕快三十二周的洋子，一手提着裙摆，一手提着菜篮，露出细细的小腿，迈过门前的水沟。

晚饭时，她说了白天看见的事。几个人在厂子门口的草地群殴只有二十岁的小野矿山郎。

方田一郎一言不发，看着贴了一面墙的彩纸鹤，每个纸鹤里洋子都写了对即将到来的新生命祝福。她用一星期时间做好了纸鹤，又用了一天的时间贴在墙上。他面对着墙上的纸鹤，好久，就像面壁思过一样。洋子默默地端来茶盘。

茶盘里放着四个粗陶茶杯，一个同样质地的粗陶壶。他拿起壶，慢慢地让水流出，杯子里的水位越来越高了，升到杯沿，他停下来，歪头从侧面看水。水面是凹的。于是，他继续倒，更加小心，几乎能感觉到他屏住呼吸，水漫上来眼看着要溢出来时，他一收壶，最后一滴水落下时，杯子里的水溢了出来，顺着边沿流下。他放下壶，手握了握，又拿起壶接着倒第二杯。第二杯、第三杯、第四杯都是最后一滴落下时，水溢出来。

他没有喝茶，而是盯着茶盘里的水迹，就那样盯着。然后，突然地，像猴子似的跳起来，三下两下就把墙上的纸鹤撕扯下来，就像一个赌气的孩子，而且是跟自己赌气的孩子。

第二天一早，他站在大门口，拦住小野，和那几个打他的人。

后来，这个情景被描述成几个版本，一个版本是他和小野一起揍了那几个人；一个是他递给小野棍子，逼小野揍了那几个人；还有一种说法是他和小野被那几个人打了。不管哪一个版本，最后结果是，小野心甘情愿地追随他，认为他是具有英雄气概的人，而且从那个时候起，小野从来没有反驳或者违背过他的任何决定。

不，不，这样说也不确切。应该有一次，就是方田制药如同踏进了光明迅速地发展起来的时候。20世纪80年代初，在经济高速发展的日本，各行各业都开始迅速发展并且向国外扩张，当时方田制药也这样进行了专利布局和营销战略部署。在亚洲，中国毋庸置疑是最大的市场，而且当时正推行改革开放的中国可以说潜力巨大，不但政策很好，而且草药市场的环境好，可以进行基地种植，免去了进口这一环节巨大的税收。从各个方面讲都是可行的，可是方田一郎不同意，而且无理由，也就是不说任何理由，就是不同意。在会上，股东们七嘴八舌地试图说服他，就连小野也觉得不可思议，他觉得确实应该进军中国市场。不管股东们说什么，方田一郎就是不说话，看了一会儿面前的茶盘，之后拿起茶壶，摆正四个茶盅，手腕抬高，溜地，细细的水流出来了，落进第一个茶盅，接着第二个、第三个、第四个，而每到最后一滴时，茶水都会溢出来。

茶盘里水流交错，就像画着交通线。他盯着那线看，心想："又失败了，怎么总也做不到呢？"心里叹了口气，嘴上自言自语道："我所有的茶盅都溢出水来了，弄得茶盘一片狼藉，所以我要练到茶盅满而不溢，弧形水面，颤巍巍。"

所有人都目瞪口呆地看着他，不解，纳闷，他到底想怎样。一时间，会议室安静极了。

过了一会儿，小野实在忍不住了，说道："社长，这是个好机会。"

“我不同意。”他直接说，“就这样。”

“社长，”小野并不想放弃，“您一直是有战略眼光的，而且这件事所有股东们都同意的。”说到这，看看在座对他点头的股东，又说道：“社长，您每天看着亚洲地图，心里不是想着占领整个亚洲市场吗？那么，亚洲最大的市场是中国，现在有这么好的机会为什么不把握住呢？”

方田一郎冷冷地看着眼前的茶盅，说道：“难道，用你这个蠢蛋来教我吗？如果你们所有人不同意我的决定，觉得我这个社长不够格，可以用股权搞垮我。那么，我就再回到当初的那个破院子，插上旗子，重新开始。我相信，不出几年我就会打败你们所有的人，如果你们想试试的话。”说完，站起来，但是没有马上离开，而是看着水流出狼藉一片的茶盘，轻轻拿起来，端在眼前，仔细看着里面的茶壶、茶盅，那样子就像陶醉在艺术的氛围中，尽管这是一套普通得不能再普通的茶具。

可是，就是突然间，就在小野和其他股东们还觉得郁闷，或者不以为然的时候，“啪嚓”一声脆响，所有人还没来得及看清楚他的动作，茶盘、茶壶、茶盅，就让洁净的地面呈现出兵荒马乱后的景象。

他离开一会儿了，股东们才纷纷站起来，所有人都知道，他说到做到。

“真是让人无可奈何。”小野一个人坐在空空的会议室，对自己说道，“可是，却无法不崇拜他。”

后来，小野把牢骚话说给洋子听的时候，洋子笑得直捂肚子。那是，她刚做完胆囊手术第十天晚上。小野进门时，探头探脑地问：“社长在，还是去了后山？”管家回答：“去后山。”话音没落，小野就一下子挺直腰，大喊着问：“姐姐怎么样？一切都还好吧！”从那次，那次被几个人打以后，小野就喊洋子姐姐。

而那段时间，他们搬到了周围是山的半坡别墅区。原因是洋子的身体不好，需要安静空气又新鲜的环境休养。方田一郎倒是很喜欢这里，每天早上、晚上都会到后面的山上去。虽然称为山，实际就是个大土包，树也不算茂密，但是叽叽喳喳的鸟儿倒是热闹。

他在一棵树下固定了投食板，撒下谷米，然后站在不远处，一动不动地看着这些羽毛黄褐色，上面还夹杂着黑色斑点的鸟儿，它们喙子短小，圆圆的比米粒大不了多少的小眼睛，一动，一动，一边警觉地瞄着他，一边在投食板上啄击出“咚咚，咚咚”的声响。

天气很好，柔和而又温暖的光线让木板纹路凸显出来，米糠细细的，像沙子般铺在上面。看了一会儿，他就转身，把那像鱼竿似的投食管拖在身后，走在那条小路的两条车辙中间，这是附近村庄里的农用车经过时留下的车辙。他步伐缓慢，显得悠闲，时而嘟嘴吹着口哨，时而捡一块石子，瞄着某一个点撇过去。树叶惊恐的“哗啦，哗啦”的声音，让他像孩子般顽皮地大笑，这时，他的嘴角呈现出两头尖尖的弯度，很是迷人。

有时，他也故意把米糠铺成一条淡黄色彩带，就像第三条车辙，在路的中间。然后等着阳光跳跃在这彩带上，在树梢叽叽喳喳的鸟儿就被晃了眼睛，一只接着一只从树梢下来，像排队般一个挨一个，整齐地成一排，一上一下地啄动，毛茸茸的小脑袋就像节奏统一的小小鼓槌。他的笑扩大了，彻底地咧开了嘴，露出了整齐的牙齿。这是一口好牙，牙科医生曾赞叹地说。这让他很得意，说是小时候吃鱼的结果。

他小时候不但会吃鱼，还会在江里网鱼。当然了，除了吃鱼，他更喜欢吃鸟儿，在石头上架火烤，烤得吱吱冒油，沾点盐。看着这一只只小鸟儿，他一下子有了冲动，再吃一次烤鸟儿，就在这里，像小时候似的。

第四章

夕阳最后的一丝红铺在喷水池边缘，远看就如同镶了一道边，而且是眼红他心满意足神情的红眼边。别墅门前有一条青灰石路，路上停着两辆车，一辆是小野的1972年丰田车厂的经典FJ40。另一辆是一夫的，看上去很平常的丰田花冠。看着车子，他就有种错位的感觉，一夫与小野不管是性格，还是喜好上都应该换过来，中规中矩、老成沉稳应该属于小野，而不是一夫。有时，他都奇怪一夫为什么喜欢性格张扬的小野，而小野也喜欢老实听话得让他觉得有些懦弱的一夫。

人有时很奇怪，也很矛盾。

踏着夕阳最后的光芒，他进了门。光影随着他进来，生动得如同一只蝴蝶在地面扑棱着翅膀。

“社长，您回来了。”

“爸爸。”

“方田社长，您好。”

迎面过来躬身问好的小野、一夫，还有家庭医生——同时也是一夫在大学里的死党，现在最好的朋友——雄边山隽医生。每次看见雄边山隽和一夫站在一起，他总觉得极像电视剧里的新佑卫门和左山太郎，一高一矮，一胖一瘦，精明和憨厚的对比组合。跟一夫矮而微胖的身形比，雄边医生是高而挺拔的，同样是单眼皮，但是雄边的眼睛大，不像一夫给人一种憨憨的感觉，而是贼亮的，就像手电筒里的小灯泡般的眼睛。有时候，方田会用一些出其不意的、不是平常习惯表达的词，当然，这一定是在他高兴的时候。例如现在，方田快速地打量了一下，看样子他们是要出去，微微躬身还礼，问道，“怎么？要集体出走？”

三个人相互看了一下，本来在这种情况下，确切地说是他心情不错的情况下，应该说一些俏皮话。但因为刚刚听完小野的控诉，心情还没有恢复过来，所以，回答的话就没有配合好心情，而是显得拘束和正式了。“没有。”一夫回答，“是参加单身俱乐部成员的婚礼。”

“哦，又有人结婚了？”他问道，“单身俱乐部是不是变成脱单俱乐部了，怎么总有人结婚？”接着，方田转向雄边医生，“这个会长可是差劲儿，这个结婚，那个结婚的，就是自己还没结婚，还真是无私啊！”

“社长，您说话还真是让人难为情。”雄边医生笑着说，“不过，我准备了两双鞋子，对于背叛者，我会狠狠地，狠狠地把鞋子丢到他的身上。”

方田笑了，是高兴的，哈哈大笑。

小野在一旁嘟囔：“干吗那么高兴？真是的。”

他确实是高兴的。等进了洋子的房间，站在窗前，看着一前一后驶出的车子，说道：“单身俱乐部有人结婚，小野也去？还有也是奇怪，那个厚脸皮的雄边医生居然还没结婚。记得第一次见面时，笑嘻嘻地跑过来鞠躬问好。当时我说，难道，你就是那个总是占一夫便宜的雄边山隽？他说，占一夫君便宜，是件愉快的事，而且我想一夫君也很喜欢我占他的便宜，因为这也能见证一夫的温厚宽容，您说是吗？”说到这，方田转过头，看着半倚在床头的洋子，又说：“像个无赖似的人居然还没有结婚。”

洋子笑了，她不年轻了，笑起来脸上的皱纹如同盛开的花瓣，层层叠叠。她的手轻搭一下鼻尖，小拇指翘着，眼神温柔，说道：“但是一夫总是受他影响，说任何话的开头，总是‘山隽说，山隽说’。”

“那个混球在一夫结婚前，跑到我办公桌前，说我为了商业目的，而强迫一夫结婚。大吵大闹的样子就像个闹糖吃的孩子，蠢极了。”

“啊哦！干吗这样说，很刻薄的。”洋子脸颊有些瘪，说话时感觉一鼓一鼓的，就像在赌气似的，“山隽是个浪漫的人，也很重情，他是怕一夫不幸福。”

“事实证明，惠子跟一夫很好，不是吗？”

“是很好。”洋子说，“但是，很好不一定就是爱情。一夫说山隽告诉他，爱情是发疟疾的感觉，一阵冷一阵热的。”

“所以，那个混蛋被烧糊涂了，到现在还没结婚，除了每次多准备几双鞋子泄愤以外，还像一只狗追求一只猫似的，永无结果。”

“很难听的。”洋子有些不满，脸色也冷了下来，说道，“说难听的话，让别人难堪难过，很高兴吗？”

他看了一会儿妻子，刚刚兴高采烈如同水分充足的声音，一下子像是失了水分般干瘪。“怎么了？”方田顿了一下，好像明白了什么，说，“是小野，又像个小孩子似的哭哭啼啼地，跟你这个姐姐控诉我了，是吗？”

“干吗这样说小野呢？很刻薄的。当初一夫没人管，一个人在走廊画画。当时，小野路过，一夫抱住他的腿说蹭了画，让小野赔。厂里人都知道，这是一夫惯常的伎俩，所有人都哄甩开一夫，只有小野，即使再忙也会把一夫放在脖子上，或者给一夫当马骑一会儿。有一次，我看见一夫骑在小野背上，小野从走廊这头爬到那头您的办公室门口，才哄下一夫。”

“所以啊！一夫跟小野的感情很好。”

“听这语气怎么怪怪的？”洋子说，“好像在吃醋，是吗？”

“吃醋，真是胡扯？”他说，“小野说什么？说我骂他蠢蛋？难过了？伤心了？决定不再像他当初说的追随我了？”

“不是的，怎么这样误解小野呢？你知道小野是忠诚的人。他只是奇怪，中国市场的策略不采用已经引起了议论，你还决定投资大岛竹内实验室，一个根本没有利润的，而且是胡扯的科研项目！你的决策让投资部议论纷纷，觉得你的判断出了问题。而且小野说大岛竹内……”

“就是个骗子，是吗？”他打断洋子的话。

“那简直就是个骗子！”在他的办公室里，小野就这样对他说，“那是个把人当成傻瓜的项目，这是我老爸说的。”

当时，他靠在高高的椅背上，仰看着墙上的地图。光在玻璃上圈成圈，压在玻璃后面的地图，仿佛被挤压般，红蓝线条模糊不清。

小野教刑侦刑讯课的老爸，两年前住进了方田制药投资的老兵疗养院。白日里睡觉，晚上起来偷东西。如果被抓住，就像蜘蛛般趴在墙上，仿佛这样就可以隐身似的。老兵们放在外面的任何东西，都会成为他窃取的对象，即使是假牙，也会让他颤动着满头银发，兴奋地藏起来。护理员只好趁他睡着时拿走，奇怪的是，他被酒精损坏的记忆，却在那一刻清晰起来，靠着墙蹭到护理员跟前，有时也会喊上其他清醒的老兵，进行审问，也可以说刑讯逼供。

“实在受不了。”护理员说，“我不觉得您父亲是坏了脑子，他在审讯时，让我觉得是我坏了脑子，因为他比我思维还清晰。”

所以，当听到小野这样说的时候，方田问：“难道，你老爸审讯过大岛竹内？”

“哦，那倒是没有。不过，所有老兵都知道大岛竹内的，他曾经在的中国东北的石井部队，又叫日本关东军第731防疫给水部队，做过实验室助手。不过他是个孬种，在老兵俱乐部里的老兵都这样说，‘圣战’结束前他被送回了国，得了一种叫神经传导障碍的病，据说这病是被解剖的心脏吓的。”

“你去过老兵俱乐部？”

“那怎么可能呢！老兵俱乐部不是随便进的。是听我爸说的。当时，老兵们嘲笑大岛竹内捧着被解剖的心脏，尖叫得像个娘儿们，很丢脸的。在一旁的大岛竹内的脸白了，那白就像墙上剥落的白石灰，在脸上一块块地挂着。然后，他摔了酒杯，说，让每个人捧着被解剖的心脏在手里观看，这很让人喜悦吗？不害怕，难道还值得骄傲吗？”

“你知道很多？”方田警觉地问道，“还知道老兵俱乐部里的什么？”

“没有很多。只是知道大岛竹内，因为他跟老兵们说，正在研究如何消除潜意识，爸爸和其他老兵给了他钱。后来，什么也没有研究出来，而且从1976年，他就正式脱离了大阪大学研究室，不但在十三年的时间里并没有任何医学成果，而且还四处骗钱。离开大学前，他曾在大学进行实验室项目展示会。学生进场时每个人把窥视镜大小的影像仪戴在头上。之后选取几名同学分别到场地中间，在人群中指出喜欢的人。之后是一系列关于潜意识的表演，其中一项是抓住在空中忽上忽下，忽左忽右，忽高忽低地盘旋的小飞机。四个同学用了不同方法，包括快速移动、定位轨迹、追寻路线等等方法。”说到这，小野停住，瞧着他笑，而且声音像打鸣大公鸡似的，喉咙里发出尖尖的喉音，“然后取下影像仪，看你指出的和你潜意识里的是否一致。社长，您知道吗？在大屏幕上显示的眼睛轨迹——也被说成潜意识轨迹——完全跟自己说出来的不同。也就是说自己觉得喜欢的人，跟眼睛轨迹表达喜欢的人不一样。大岛竹内说一个人有两个自己，外在的自己，和潜意识里的自己，也就是说不管如何耍花腔都没用，无法左右潜意识。”

“那么，这不是前后矛盾吗，既然无法左右，也就是无法消除，为什么还要研究？”

“所以说是骗钱嘛！”小野说，“而且他还变态，曾跟他共事的大学同事说起他都是一脸厌恶。说他用萝卜雕刻人体器官，而且涂的颜色极其仿真，就摆在桌上，乍一看，心脏、肝脏、肾脏、肺堆了一堆，那情景要多恶心有多恶心。据说还有一次，他约大学图书馆女管理员到他公寓共进晚餐，女管理员比大岛竹内还大几岁。一进屋，桌子上摆着蜡烛台，烛光正摇曳，桌上摆着晚餐盘子，每个盘子上都倒扣着小圆碗。大岛竹内很绅士地请她坐在桌边，然后掀开第一个碗，是米饭，而且很好看，圆圆的形状，掀开第二个碗，是红色樱桃，大岛竹内把樱桃放在米饭上，说这是你的乳房。接下来的事，就让女管理员惊怵了，盘子里分别放着做成生殖器形状的食材，大岛竹内低头咬掉樱桃说我要吃掉你的乳房，又切下子宫形状的牛肉，说还要吃掉你的子宫。当时吓得女管理员仓皇逃窜，据说鞋子都没穿，赤着脚狂奔。”

所以，不但小野这样认为，而且所有的人都认为大岛竹内就是疯子。给他实验室投资的人就是傻子，小野这样对方田说，刚刚他也这样对洋子说的。

暮色搭在窗框上，就像一个女人的手轻轻搭在额头，又优雅又迷人的样子。方田把自己的身体靠在上面，就像被这有着温柔光辉的女人抱着一般，他直接说道：“我就是那个傻子。”

没想到，洋子听了这话，反倒笑了，说道，“不止你一个人是傻子，爸爸也是傻子。”看着他，脸上呈现犹豫的神情，“实际上，有一件事，我一直想告诉你的。爸爸在生前一直资助大岛竹内实验室的，而且125号房子也是爸爸的财产。”

“哦，就是大岛竹内实验室的地址？”

“是的，你去过？”洋子问道，“这些都是我打理的，爸爸临终时叮嘱我，大岛先生不离开这个世界，125号就不要收回来，而且下面的咖啡馆的赢利也都归大岛先生。”

“你一直没有告诉我？”

“是很抱歉没有告诉你，不过我不是故意隐瞒的，只是觉得你不喜欢爸爸，又怕说出来爸爸这个遗嘱你会不开心，所以就一直没说。”

“不开心什么？”他问，“你怎么会这样想？我没有不喜欢冈本先生。”

“没有吗？”洋子问，“你对爸爸一直很冷淡的。”

“我冷淡吗？”

“哎哟！”洋子有些不满，“听起来好像被委屈了似的，我怀咱们第二个孩子的时候，爸爸来厂子了，说把一夫带走跟他一起住。你当时在车间里盯着蒸馏机，没等我说完，你就说让他不要多管闲事。当时，爸爸就站在后面，听见后转身走了。我追出去，爸爸反而让我不要生你的气。现在想想，如果爸爸把一夫带走，我也不至于在走廊被绊倒，流产了。”说完，洋子有些哀怨地看着方田，“当时我都为孩子想好了名字，是女孩儿就叫小叶子。可惜，没有了。”

“干吗？这是在埋怨我，是吗？”

“不是的，只是觉得可怜。我的小叶子，还有爸爸都是可怜的。但是，爸爸却始终是理解你的。爸爸临终前说，战争的恶果不止让他们这些老兵整夜处在噩梦中，也毁灭了那一代孩子，战争的孩子，经历战争的孩子。爸爸说忠诚有时候用错了地方，那就是罪恶。”

“哦，冈本先生这样说？我记得在走廊他给一夫讲帝国部队忠诚，百战百胜，一夫问了一句那为什么还战败了？他大吼战败不是因为忠诚出了问题，而是因为美国人。一夫问既然这样为什么不打美国人，而要跟美国人好呢？冈本先生说美国人是好打的吗？一夫问，那么中国人好打，是吗？”

“就是因为这些，你不同意爸爸带走一夫？”

“是的吧！”

“我还以为是当初爸爸不同意我们的婚事，又对你说话很难听，所以你对他心里有芥蒂，才会不同意的。”

“那天很暖，阳光铺在台阶上，风铃叮叮的声音很悦耳。冈本先生上身挺直，严厉的声音在房间里嗡嗡地回响，说：‘你是为了财产，你真是无耻的家伙，居然一点儿不脸红地承认。’而且还转身对你说：‘这个混蛋，无耻的混蛋，这样赤裸裸地说出这样的话，你还要嫁给这个无耻混蛋吗？’当时你说：‘方田君说了，只有这个办法才能改变他目前的处境。他说的是真话，这话是让我很难受，但是我接受诚实的难受，也不接受欺骗的快乐。’说完，低低地躬身，‘所以，还是请您同意。’冈本先生说：‘你这是自找苦头，过不了几年，他就会抛弃你。’”

“爸爸这话说错了，你很得意，是吗？”

“难道不是吗？”说完，方田确实有些得意地笑了。

看着他的笑，洋子想，他不但没有抛弃她，而且还像他当初保证的那样，对她好。只不过，他对她的好不是卿卿我我，而是那种尊重。这也没什么不对，但是在心底，洋子想要的不是这样的尊重，而是像镶嵌进彼此身体，无阻隔地合二为一，不分彼此，或者彼就是己，己就是彼。

第五章

在老兵俱乐部，他有个名字，叫“帝国的孩子”。但是，也有人叫他“被赤化的帝国孩子”。老兵俱乐部更像与外界隔离的独立王国。这里没有什么明文规定的纪律，但是每个进入俱乐部的老兵却如同遵守部队的纪律一样遵守这里的纪律。也就是，在这里说的话，以及知道的事，还有彼此间发生的不愉快，这些仅限于这里，出了门谁也不能带走一丝一毫。就像一个匣子，他们是匣子里的人，是被主流社会遗弃的人，而在这个匣子里，他们是主流，放松且自信，这里仿佛让他们回到了当初，回到了曾经光辉的岁月。他们炫耀以前的英勇，揭发别人的胆小，也说发泄不满的话，攻击政府，攻击美国人。有一点，是他们一致认为的，他们都是忠诚帝国的，在战场上的杀戮，是忠诚、服从的表现。

基于这样的共识，他们成了团结的匣子，一个有着类似经历的匣子。在这个匣子里，他们的见解会得到赞同或者不赞同，当然，他们互相谩骂，甚至大打出手，不过，不管怎样至少有人听他们在说什么。而不像那些执政党或者在野党，只有在大选前才会想起他们，待遇福利，跟话语权永远不是一个概念，他们需要说话，也需要有人反对，有人迎合。

经常的，一个老兵坐在桌前看报纸，看着看着，抖着报纸，哗哗，哗哗响，然后大喊大叫，“就是狗屁！混蛋！连狗屁都不如！”这时，周围的人就会一齐望着他，问写了什么。

“卖国贼，不是吗？说教育出了问题，让我们这批人变成了杀人机器，把我们的忠诚贬低得一钱不值，好像我们没有为国家做过贡献，而是一直在祸害国家。为什么日本要有共产主义？在满洲赤色分子是要枪毙的。”一边说一边把报纸递给对面的人。然后，拿起拐杖，嘭嘭地敲着地面，仿佛把那箭头当成了写文章的人。

“没什么嘛！”接过报纸的老兵看了一会儿说，“这只是客观分析战争带来的灾害，难道战争没有灾害吗？难道就因为信仰马克思而要被剥夺说真话的权利吗？日本是民主制的国家啊！”

“你就是个叛徒，日本不需要你这样的叛徒。”说着把手里拐棍挥过去，“啪”地打在桌子上，桌上的杯子一蹦，倒下，骨碌骨碌滚落地上，“啪嚓”摔了个粉身碎骨。

接下来，两个人就会吵起来，吵的内容除了叛徒这个话题，还有就是谁赔杯子。不过，等出了门，他们完全没有刚刚的剑拔弩张，而是彼此搀扶着，一同走在路上。现在这个世界不属于他们，属于那些把摩托车开得飞快的人，属于那些制造出各种各样的汽车占满街道，让他们不敢过马路的人。而在这些人眼睛里，他们只是街心广场纪念战争结束的公羊雕塑下面的，坐在长椅上发呆，或者对着一群咕咕叫的鸽子自言自语的，行将就木的老人。或者是看着滑板青年呼地跃上窄窄的台沿，呼地跳下，围着他们的椅子转圈，一圈，一圈，速度快得惊人时，一动不敢动，在滑板青年的嬉笑中如同可怜的猎物，只能小声说混蛋，而别无他法的一群人。所以，他们要像匣子，这样才能有勇气面对汽车、大厦、巨型霓虹灯的世界。而对于匣子里任何事，任何人，换句话说属于他们的人，他们都要保护，也没有理由不帮助。

而方田一郎，恰巧成了这个匣子里的人。

老兵俱乐部的老兵都知道，远藤新井是方田一郎名义上的养父，而他的亲生父亲叫方田拓也，是日本关东军水域特备部队的军需队分队长。在“圣战”结束前半个月被自己亲手训练的军犬溺死在江里。撤退时，远藤这个老家伙趁火打劫接收了年轻美貌的美里子，却把方田拓也和美里子的孩子方田一郎抛弃了，当时他才八岁。1959年，不到五十岁的美里子检查出胰腺肿瘤，当时，她在老兵俱乐部做老板娘兼女招待。白天是老兵俱乐部最冷清的时候，老兵们还不算老，还要谋生。

每天下午两点一刻，远藤新井会出门，到幼儿园门口，隔着栅栏看刚起床的小孙子在院子里做操。美里子呆坐在椅子上，屋里还有几个头发已经斑白的老兵，打盹，或看报纸。

俱乐部里是安静的，安静得仿佛能听见空气中灰尘的颗粒撞击出细微的，像辐射波般的啵啵声。这声音钻进美里子的耳朵里，就像风吹进尘封的房间，倏地，掀起了厚厚的灰尘，被灰尘掩盖的那一幕就清晰出现了。鼻子酸了，泪水在脸上流成了两条河。这两条河不断地翻滚着，带着汹涌的哀号，就像炸弹，“嘭”地落下，炸得正在打盹的老兵，一颗心就如同兵荒马乱般跳动。

美里子哭着说，对不起死去的丈夫，抛下了儿子，她唯一的愿望就是临死前见到儿子。等死了，见到方田拓也好有个交代。

后来的事，就是老兵对远藤说了美里子的要求，而且希望他以养父的名义把方田一郎接回来。远藤新井不同意，态度很坚决，于是，那几个老兵联合了所有的老兵，威胁远藤新井如果不照办，会砸了俱乐部。直至后来，城里所有老兵堵在门口，宣布从此不会有任何一个人踏进俱乐部，远藤新井这才被迫答应了。

1960年，方田一郎被接回来，当他踏进俱乐部的那一刻，屋里等待的老兵们上前拥抱他，叫他“帝国的孩子”。遗憾的是，美里子并没有等到方田一郎，而是在他回来的前三天去世了。

1962年，一直住在西云的冈本三雄，就是在老兵俱乐部骂方田一郎给他女儿下了迷药的那天，是他第一次来到老兵俱乐部。他骂方田一郎是没有教养的人，骂他是个无耻之徒时，并没有得到老兵们的同情和支持，而是受到各种讥讽，以及嘲笑，气得他摔了酒杯。

就在他气得转身要走时，一杯满杯酒又放到他眼前。“酒杯还是要赔的，但是这杯酒是我赠送的。”远藤新井说道，“你说的对，他就是个无耻的人，而且是个冷酷无情又诡计多端的人，还是小偷，不守信用的小偷。”

“嘿嘿，嘿嘿，我可听见了。”一个头顶只有几根白发的，眼圈灰黑的老人过来说，“这样的话不该出自你口，你这个在满洲的奸商，顺手牵羊要了女人，却抛弃了‘帝国的孩子’，你才是个无耻的窃贼。以后闭上你的嘴，关于那个孩子的。”

门外传来汽车的嘀嘀声，闪烁的红绿灯在马路的对面，几个穿着小学生制服的孩子正过马路。阳光在他们的头发上旋着光圈，这一切看上去都很祥和，祥和得让人感动。

俱乐部里再次爆发出笑声，远藤很无奈地撇撇嘴，对冈本三雄说：“我就是那个‘帝国孩子’的养父，世间最倒霉的养父。”说到这，苦笑了一下，“你永远不是他的对手。从我第一眼看见他，我就知道我不是他的对手，却只能遵守约定。不过，不管怎样都祝贺我们成为亲家。”说着远藤新井举起酒杯。

“真是抱歉，他没有说，所以不知道，还请您谅解。”冈本三雄站起来鞠躬，又问道，“哦，约定？什么约定？”

远藤又撇了一下嘴：“不说也是约定的内容，我只告诉你，我这个养父是名义上的。”说完站起来，嘿嘿地笑着，又一歪头，“是交易上的，所以不用认真的。不管怎样说，我也不吃亏。”

“真是把我搞糊涂了。”冈本三雄说，“这样听起来，真是摸不着头脑了。”

“不止你摸不着头脑，我们也不知道老狐狸到底跟那个孩子做了什么交易！不过老狐狸还有一个最大的特点，就是咬住了不喜欢撒口，不过，那个孩子是敢割掉肉的人，所以不用担心的。”就在冈本三雄愣神的时候，一个人过来把他酒杯里的酒倒进自己的酒杯里，狠狠地喝了一大口，嘴里发出吱的一声，放下酒杯，眼睛盯着他说：“我叫大岛竹内。曾服役过石井部队。”

“我叫冈本三雄。曾服役过黑龙江滨江联队三分队。”冈本说道，“你这样说，他不是很无情？”

“潜意识。”大岛竹内说，“人类的潜意识属于遗传的记忆，也就是在胚胎时期就接受了，并且形成了善与恶，而这善恶会一直跟随到生命消亡为止。成长的过程中所发生的一切行为，会在潜意识里投影。事实上，基因里的破坏欲是会让人产生快感的，但罪恶感比快感持久，只要你还活着，就会被它缠住……”冈本三雄听不懂，这个什么潜意识，于是，打断了大岛竹内：“你说这么多花言巧语，到底要干什么？”

大岛竹内笑了，说道：“说得对，耍任何花招都是没用的，都不能蒙蔽它，这就是潜意识，它始终如一，只有一个答案，而且坚持不懈地跟你博弈。”

那天，冈本三雄走出俱乐部，看见街边一个人牵着一只猴子，那猴子目光呆滞，灰黄的脑袋晃着，唤它，它却往后缩，身体贴在栏杆上。冈本三雄心想，自己就像那只猴子。

事实上，也正因为“帝国孩子”的缘故，方田一郎在跟代理商闹成僵局时，代理商们在街道坡路旁的一栋房子，在铺着地毯的房间里，排站在窗前，看着走到街上的方田一郎说，“他疯了，是吗？”“根本没办法打入市场，他会来求我们，然后放下他的蠢不可及的诚实。”

刚刚，方田一郎言辞激烈地驳斥了代理商关于宣传的策略，他说夸大成包治百病的药，不该是归元膏，而应该是大力丸，是让人精神恍惚的大力丸。大力丸又叫鸦片，所以代理商觉得方田一郎侮辱了他们。而方田一郎觉得代理商也在侮辱他，他一再强调，做那种宣传本身就是对归元膏的侮辱，因为归元膏本身的疗效就是最好的宣传。

会议室里局面很僵，代理商们发现，说服他比报纸报道申办1970年的大阪世博会还难。世博会申办成功能够促进经济飞跃发展，而代理商们的宣传也是让企业站稳脚跟的重要手段。疗效很重要，但是要服用后才会知道，所以之前需要宣传。代理商们一致这样认为。

但是，方田一郎固执地认为，不能说什么效果显著。当然，这可以理解成，他心里也没底。不过，按照他的说法，就是在告诉购买的人，归元膏治这种病症，但是不一定能治好。这简直是在给病人出选择题。谁又会去选择一个没谱的药呢！代理商说，即使你免费发放归元膏，也得有病人愿意配合你。可是，谁会愿意拿自己的心脏开玩笑呢！

看着他离开的背影，会议室里的人发出各种哈哈，嘿嘿，呵呵的意味深长的笑。而就在这笑声里，看见他正跟一个老人谈着什么，一会儿，两个人一前一后顺着人流，渐渐消失在坡道下面了。

一年后，代理商们不得不惊叹了。当然是老兵们帮助了他。当时的情景可以说是震撼的，在街道、车站、公园，凡是老年人密集的场所，都能看见拿着归元膏的，各种年龄的老兵，从四十几岁到六七十岁不等。就是这样笨拙的、令人不可思议的推销方式，尽管让代理商们嘴里大骂“这家伙是个混蛋”，但是最终不得不妥协，不得不放下喋喋不休，因为如果再排斥他，他们将失去赚一大笔钱的机会。

方田制药的事业跟老兵有关，所以他投资大岛竹内实验室，洋子并不像小野那样觉得奇怪。但是，如果洋子知道他去过125号，见到了大岛竹内，那才会奇怪呢！

说来也是有趣，尽管老兵们帮助了方田一郎，而方田制药在做大做强后，也为老兵们提供了生活、就医等一切只要用一张老兵证明就可以获得的免费服务，而且还为老兵们建了设备和环境都优良的养老场所，但是，方田一郎本人却对老兵们——用洋子的话说就是——冷淡。即使在最初，老兵做他义务的宣传员时，他在老兵面前也没有任何亲近的样子。他和老兵更像闹僵的父子关系，相互帮助，又相互不理，这话很贴切，是大岛竹内说的。

这是奇怪的。还有更奇怪的，就是方田一郎以及企业从来不接受媒体采访，1985年《朝日新闻》上曾有一个记者评述方田制药是日本信誉度最高的企业，而且不是之一，就是最高。而方田一郎也是最迷人的老板，像一团迷雾般让人琢磨不透。

谜一样的男人。他外貌没什么特别之处，但是他静静地坐在那，突然间跳起来，宣布一个决定，或者着手做一件事的样子确实很迷人。有人开玩笑说，因为他也会用一种区别于常人的情绪，去决定一件事。

当然了，这都是在他不得不做，但又不情愿去做时的情绪。

拜访大岛竹内对他来说就是不情愿的，甚至有被挟持的愤怒的。通常情况下，被挟持的感觉比面对面打斗更让人难以忍受。大岛竹内面色暗黄，眼睛浮肿，白发像被撕扯下来似的耷拉在额头，一撮一撮的，就像刀子一下一下割开人的眼睛，出现在眼前时，他还是愤怒的。

大岛竹内带着那种嘲弄一切的笑容，问他是进来还是就站在门口。他脚上浮着一团泥，刚刚来的时候，他走错了路，误入了一条碎石小巷。这是条老巷子，房基都很高，露出整块的灰石，灰色中又带着青，碎石路一侧刚抹上了混凝土，从房屋的空隙挤下来到阳光像小猫般在上面一跳一跳。他仰头，脚就被拉进了还湿湿的混凝土里了。最后，还是一位老妇人领他出了胡同，来到125号，小小的咖啡店门前。

走进去，门厅一侧通咖啡厅，一侧楼梯通楼上。门厅墙上挂着画，色彩鲜明又看不懂是什么的西洋画。地板看上去已经有些年头了，但是闪着那种经过岁月磨合的好脾气的光芒。在楼梯前，放了一尊低头沉思的人物雕像。楼梯墙上，挂着木牌——大岛竹内研究工作室。

木质楼梯很窄，窄得让人有一种很奇怪的神秘感。墙上依然是西洋壁画，但是色彩更为浓烈，如同浓妆午夜女郎在掩盖岁月造成的松弛脸颊一般。走到半圆缓台，才发现就是为了掩盖木格子玻璃窗的破旧。向上的楼梯又长又直，也更幽暗了。“嘭嘭，嘭嘭”，脚步声显得巨大，那声音好像不是脚步发出来的，而是楼梯本身，或者是墙壁发出的低吼。

终于，看见一扇门，是铁门。铁门两侧墙壁上贴着陈旧发黄的照片，和文字介绍。照片上的大岛竹内看上去很年轻，穿着白色工作服，戴着眼镜的脸苍白俊秀，神情忧郁严肃。

铁门里的景象不是科学项目实验室的样子，倒更像一个棋牌室，四五张桌子，桌子上放着颜色发灰黑的报纸，还有扑克牌，屋角有个小吧台，上面是横七竖八的空酒瓶，和蒙了灰的杯子，和丝绒窗帘。很显然，这里好久都没人来了。穿过这些桌子，走到一扇写着办公室的木门前。

当当当，轻敲了三下。等了一会儿，砰砰砰，又敲了三下，这次用了力气，声音在走廊里荡了很远。接着有了“哧啦，哧啦”的脚步声，“吱呀”，门开了。就这样，他跟大岛竹内面对面，如同对峙般站了一会儿，他就甩甩脚，进屋了。

过了一会儿，他的怒气就消失了。就像当初冈本先生似的，被大岛竹内声音里穿越时空的沧桑感吸住了，或者说打动了。

大岛竹内说，远藤新井1975年去世后，老兵俱乐部就被远藤的儿子给关闭了。老兵们又不喜欢到新开办的俱乐部，就开始到他这里来。但是，岁月让老兵们一个接一个地住进疗养院，这里也越来越像废墟般寂静了。大岛竹内说完，声音里带着如同抽泣的嘶嘶声，好像在哭。

房间很乱，还有一股凝滞的、腐烂的甜味。方田一郎坐在摇椅上，椅子吱吱响，就像被抓住的耗子，他不由得小心翼翼不敢动。

下面咖啡店传来一阵喧闹。大岛竹内说他的灵魂留在了遥远的中国东北，“中国人被杀死前，都会骂我们不得好死。当时觉得可笑，但是时间验证了中国人这句话的厉害，老兵并没有得到好死，被噩梦、被痛、被疾病折磨到痛不欲生，折磨到恳求死神，告饶忏悔，死亡才会慢悠悠降临。”说到这，走向柜子，拿出酒，说道：“我想好死。只是我知道老天爷不一定答应。”

大岛竹内看着他说：“所以，我要自己安排好死，但是我要一笔钱，一大笔钱安排一下后事。”

说到钱，方田倒是松了口气，他痛快地答应了。大岛竹内提出这笔钱只能是投资实验室，他不接受捐助。方田好奇，问为什么。大岛竹内说，老兵们都叫他树洞。树洞是收藏秘密的地方，不是释放秘密的地方。

方田也有树洞，就在后面的山上，所以他了解。

气氛松弛了，他们聊了很多。大岛竹内阐述了，人类基因里堕落可比诚实容易得多，而诚实是件艰难的，要用刻意的意志力控制的，基因链的多样复杂，总是好的和恶的做着博弈。

“啪啪”，大岛竹内按了按钮，灯全部亮了，白亮白亮的。

这间房跟外间吧台是通的，不知为什么，方田站了起来，慢慢走过去，推开门，站在这里看那些蒙灰的桌子，他心里变得悲凉。

突然，他开口，说曾有个密不可分的朋友，后来朋友做了一件让他痛恨的事，于是跟朋友彻底决裂后，他就发誓要做一个诚实的人。并且，从那以后，他几乎每时每刻，都在提醒自己，也严格地，甚至苛刻地监督自己。

在几个月后，大岛竹内自杀了。实现了他自己想要的好死。目击者说大岛竹内夹在一个栏杆中间，一个人以为他是在找东西夹在那里，还帮着把他拽出来。拽出来后，他抓住那人，让那人再帮他一下，那个人就任由他抓住胳膊，眼见他一脚跨过栏杆，还没等那人反应过来，就一跃而下。

后来，律师事务所遗产律师找到方田，说那笔投资按照法律规定是不能拿回的，但是他有权利知道那笔钱的去向。“大岛竹内先生从1970年开始，助养了七十八名孤儿，而且都是男孩儿，挑选助养的年龄都是八岁开始直至这些男孩儿大学毕业，甚至包括出国留学的费用。他为这些男孩儿提供优良的学习环境，但是他却从来没有见过这些男孩儿。一切手续都是通过福利署天使基金工作人员操作的，助养的男孩儿是大岛竹内先生通过福利署资料确定的人选。福利署的人说除了定期收到汇款，然后由他们向助养男孩儿支付以外，也很少看见大岛先生，每次他都说是在进行环球旅行。”

律师走了以后，方田出神地看着镶着木框的地图。那天，大岛竹内说八岁男孩儿的细胞是真诚的，就像住在森林里的顽皮精灵，喜欢恶作剧和搞破坏。许多年前做实验前，他都跟他们玩，听着他们开心的笑声，然后给他们一块糖，看着他们含着糖的快乐表情时，散发着乙醚的瓶子在他们快乐的脸前晃晃，快乐就定格了。然后把他们小小的身体放在白色实验床上，他们微笑的笑脸就像天使。真的就像天使，真美。

椅子背顶靠着他的背部，他用脚支撑地面，如同怕被椅子掀翻一般，突然，他粗暴地大喊助理。

猛地，门开了，助理像被撞进来似的，惊慌地站在门口。“社长，您，您有什么事？”

他指了一下地图：“我说了不要碰这个镜框。”

“社长，没有人，没人碰的。”助理躬着身说，“您吩咐过的，没有人会违背的，没有人的。请您放心。”

听了这话，他摆摆手，示意出去。听着助理有些变调的声音，看着她深深弯着的腰，他觉察到自己的失态了。

大岛竹内说树洞是靠秘密活着的。如果不再有秘密填充树洞，那么树洞就会自行灭亡，就像吸血鬼，没有了血，只能风干，那么……

第六章

他从来没有想过退休。依然每天准时出现在方田大厦，在所有人充满敬畏的问好声里，走进办公室。在所有人的眼睛里，他依旧保持着振奋的精神，严谨的思维，清晰果断的话语，当他用悄无声息又依然矫健的脚步穿过走廊时，依然像豹子般敏捷，根本不像七十六岁的老人。

但是，只有他自己知道，老了。他已经能感觉到身体里器官的存在，走路时肺叶喘息在喉咙，就像鸟儿的咕咕叫，早上醒来血液变成了水，一浪一浪地涌，仿佛置身在船上颠簸。有时眼前出现一个黑洞，然后爆出无数黑星星、白星星，在眼前飞舞。甚至能听见血液在血管壁里缓慢地、懒洋洋地流动到心脏。夜深人静，他就能清晰地感觉到心也懒洋洋了，不愿意强有力地跳了，而是搭了个秋千架，然后在上面悠，忽悠、忽悠地荡悠。这让他想起自己八岁那年，那个冬天，他的心就是这样顽皮地荡秋千，荡得他喘不过气。整日里他躺在温暖的大炕上，感觉身体瘫软得如同被融化般，什么也不存在了，只剩下心，在胸腔里晃悠。尽管这样，他也不想喝苦苦的汤，苦得口腔、胸腔、腹腔，以及呼吸都是苦的药汤。但是，那个男人掐着他脸颊，他像小鸟儿似的张嘴，苦药汤就被灌进去了。神奇的是，苦药汤喝下后，胸腔里安静了，秋千不再荡了。他的心就像那药名——归元，归了原位了。

躺在炕上，睁开眼睛看见屋顶破旧的棚纸，花纹模糊，且被一块块补丁阻隔，不睡觉的时候，他看着模糊的花纹，在脑海里想象着给它们连接成完整的一朵花，一朵花。等他把花连接完了，就不想盯着屋顶看了。他偷偷看炕桌后面的男人，那个男人眼神荡着一种光，这光里的忧伤如同猫须般放射散在眼睛里。他拿起壶，上下一挑，水“哗哗，哗哗”地流进放在炕桌的碗里。又一挑，壶嘴一收，但是最后一滴水，不偏不倚地落在水碗中心。水面漫在碗边，呈现弧度，颤巍巍地抖动，但不管怎样颤动，水都不溢出来。灰蓝的灯芯跳动在上面，水面就变成了舞台，上面跳动着的，就是传说中的水精灵，快乐而善良的水精灵。这时，他低头同时噘起嘴，“咻溜”，水精灵就被吸了进去。他呵呵笑了，开心地笑了。

直到现在，方田一郎都无数次地尝试倒出水精灵，第一次成功是决定跟洋子求婚的那天早上，他在倒到第四杯水时，水精灵出现了。所以，他站起来，径直走到洋子跟前，向她求婚。当时，洋子吓了一跳，眼睛瞪大惊恐地看着他，那个样子他以为洋子绝不会同意的，甚至还会骂他。但是，洋子同意了。所以，他开始喜欢在决定什么事情前，看看是否能见到水精灵。慢慢地，水精灵来或不来也决定了他的决定。

每天，他进了办公室，先静静坐一会儿，安抚一下各自为政的五脏六腑。然后，他把头仰在椅背，目光正好对着地图，他像要默记住那些线条般专注地看了一会儿。助理敲门进来，一手端着小野从中国景德镇买回来送给他的紫砂杯，当时，小野看见他很喜欢，而且每天都用这杯子喝水，非常兴奋地跟一夫炫耀，说最了解社长的是他。一夫为此给方田一郎买了一套紫砂的工夫茶具，摆在茶桌上，但是他很少用，主要嫌麻烦。方田一郎小时候就喜欢用大搪瓷缸子喝水，咕咚咕咚的感觉很爽，小野送的这个紫砂杯相比搪瓷缸子小了些，但是形状差不多。

助理放下紫砂杯，等他拿起来喝了一口，才把另一只手上拿着的报纸以及各部门最新规划策划，以及销售、生产等等报表，按照他的习惯，放在他面前，将他可能感兴趣的策划摆放在最上面。还有一张单放的，是预约拜访他的客人名单。访客名单是必须拿给他看的，这是规定，但是，并不是他要会见这些人，大多数情况他都不见，只是他需要掌握，有时也会根据需要会见某人，拜访他的大部分人都是由小野接见的，尤其是媒体的人。

扫一眼名单，方田说“交给小野组长吧”。助理说：“社长一个都不见？药品署的也不见？他们已经来好几次了，是专利药物的问题。”

“这个不是归专利署吗？怎么药品署也管上了？”他问，“上次研发中心提交的，新药物有效部位提取方法不是经过了审核吗？还有什么问题？”

“是美颜归元贴的问题。药物署对此有疑问。”

“上次的工作会议上不是决定把这个规划成化妆品吗？”

“可是，药品署说申请的药品……”

“好了，我明白了。”没等助理说完，他打断了她，“把小野组长请来。”

“小野组长还没有来，说上午要去武馆，练习太极拳。”

两年前，方田喜欢上了中国的书法。并且从中国空运了一张红木雕花书案。那是个漂亮的雕花书案，两条首尾相接的龙环在书案子边缘，案面闪着沉稳又大气的红光，他把它放在了办公桌斜对面，屏风的后面，临近落地玻璃窗，旁边放的是配套的晾晒架，写好的字就搭在上面。

“噢呦，噢呦”每次小野看见他写字，都要这样噢哟一番。小野六十七岁了，但是年龄好像永远成为不了障碍似的，他从思想上到行为上从没脱离年轻。例如，他认为写中国字简直太难了，所以看着他写的一整张笔画烦琐的字，总是一脸同情，“社长，干吗要写这么难写的字？”神情里满满的都是：干吗折磨自己。“我觉得摄影更好，或者剑术。”说到这，做了个击剑的立体挺身，很帅地侧头。从年轻时，小野一直修习西洋剑术，他有自己的一套理论，认为剑术才是武士的象征。

“有事吗？”他冷冷地说，“没事就请转身。”

小野嘀咕着：“真是的，从来不让人说话。”

听小野说话，他心里就想，小野总是脱离不了撒娇。想到这，他笑了，说道：“你也练练，中国字的一笔一画都很有韵味。”

“还是算了吧！”小野撇撇嘴，无聊地伸手翻看案子上日本书法协会寄的临帖。这些都是一夫给方田一郎订购的，但是他很少看。

翻了一会儿，小野拿着字帖对比他的字，说了句：“哎哟，社长的字为什么跟上面的不一样呢？”说着把字帖竖在胸前给他看，他不看，说：“我这是隶书。”

“什么？真是复杂。”小野是个不喜欢复杂的人，方田知道。

今年，小野莫名其妙地跑到在川泰的中国武术会馆，学习太极拳。之后，很像模像样地在他面前一招一式地比画，当时小野穿着西服，所以比画起来就像跳机械舞。他哈哈笑，但依然饶有兴趣地说，要是换上那种对襟衣服就好看了。小野听了，说道："就是叶问穿的那种衣服嘛！我有的。"年轻时，小野还很迷李小龙的，不过自从知道叶问是李小龙师父后，就迷上了叶问。

第二天，隔着玻璃门就听见走廊里的笑声，以及小野洪亮的，带着得意腔调的声音。等小野推开门，方田也笑了。小野穿着一身中国式的对襟白色绸褂，配上他花白的头发，倒是有点道骨仙风的感觉，小野躬身，问道："社长，怎么样？"

"很好哟！"他带着很少见的开怀笑容说道。

"这样就能跟社长保持一致了，而且很舒服。"小野说着拽拽衣襟，"真是舒服，只是有些随意，还请您原谅。"

"哦。"溢于言表从来不是他的作风，或许是老了，鼻子居然酸了。心里想：小野跟洋子一样，永远不会背叛他的。这样想着，笑容更亲切了，"还是很有衣服架子，很不赖。"

"中国人开的武馆，正宗，正宗太极拳。"小野兴奋了，边说边以左腿为轴心，右脚慢慢画圆，身子随之半蹲，定住不动，真的很是像模像样。

小野迷上了太极拳。但是，一夫认为小野不是迷上了太极拳，而是迷上了武馆里练太极拳的女士。一夫和小野还有雄边医生直到现在还保持着超越年龄的友情，他们每周都会在雄边医生的小剧场见面，小野还像以前似的对雄边医生排演的舞台剧说三道四一番。每到这时，雄边医生和一夫就会一起反击。一夫早都不再参加演出了，但是演出是他赞助的，所以在这个时候他跟雄边医生是同盟。

“不，没有。”小野否认，但是说道，“不过，跟优雅的女士在一起总是愉快的，因为只有女士才能让枯燥透顶的事，变得生动有趣起来。

呵呵，哈哈的笑声，让小野脸红，他大声嚷道：“两个浑小子，不知道尊重长辈，是吗？”

“可是，我们没有觉得您是长辈！”

“那两个浑球就是这样说的，社长，您听听，多浑蛋的话。”自从洋子去世后，小野就开始跟他告一夫或者其他股东的状，而跟一夫，仅限于一夫，告他的状。

这种情况下，他心里想，生活中要是没有小野该多么的乏味。就在前几天，小野还鼓动他去武馆，说那里有很多优秀的女士。方田对他说，再动胡扯的念头，就要掐死他。小野不满地说：“干吗，那样暴力，真是的。”

他站起来，走到落地窗前。阳光的光线还很钝，还没有磨锋利，所以挨在脸上还是柔柔的，就像女人的抚摸。突然间，多年前在那个破院子里的情景浮现在脑海，他觉得小腹一下子热了。

“社长，您找我？”小野推门进来，小腹的热倏地散去了。转过身，直入正题：“美颜贴怎么回事？”

“社长，很抱歉，不过已经处理好了，还请放心。”

“处理好了？”

“是的，刚刚已经谈过了，我们还需要申请其他资质，手续不算烦琐但是还是需要费一些时间的。”小野说，“不过，他们不会要求我们撤下门店的销售，这个已经达成共识了。”

“既然有些事情没解决，为什么要急于在门店销售呢？”

“因为马上就是五一国际劳动节了，中国人这个节日是放假的，策划部统计结果显示，这个节日里中国人到日本的旅人数游逐年增高，所以，三木认为不应该错过这个机会。”

“是三木的决定？”

“是的，是三木领导的策划部的决定。”小野说，“社长，三木虽然年轻，但是他的判断准确，做事也沉稳果断，从来不拖泥带水，而且目光独到，脾气秉性跟社长简直一模一样。所以，我觉得三木作为社长的接班人，是正确的……”说到这，停住，看看他，不再说了。

“怎么了？”他看看小野，说道，“我不是不支持三木，而是三木确实像董事们说的，没有体现或者表现的沉稳。”

“三木在工作中表现一直很优秀，这个不会有人否认的。”小野说，而且语气坚决，“社长，这可是影响方田制药以后发展的大事。”说完，往后一蹦，好像怕挨打似的。

确实，三木在两年前完成了为期三年的考核考察期，正式接任策划发展部长。表现很突出，性格中的果断坚决确实像小野说的那个样子，很像方田。但是，方田觉得三木做事过于张扬，例如在街道设置的宣传屏上，三木像电影明星做药品宣传的样子，这让他觉得太张扬了。但是，三木说：“爷爷，最起码我们省下聘请明星的费用。”他说方田制药从来没有聘请明星宣传，但是归元膏依然是全日本销量最高的药品之一。三木不认同，说道：“爷爷，这样的宣传是符合现代社会审美的，更讨人喜欢，也更有亲和力。”

三木跟一夫不像父子俩。三木上任做的第一件事，就是把以前的营销策划扔进了碎纸机里，尽管那些策划都是经过方田同意的。而且把那些沉重的办公桌搬到了总务处，拆了文件架，墙上一张世界地图周围，贴着各种方田不知道的游戏人物，又在办公桌上摆了个火龙，说是坐骑。门口放了一个幻灵头像，说是宠物。等布置完，硬拉着方田去看，他不去都不行，半拽半哄地把方田拉到办公室，得意地指着世界地图下面，说道："我的理想是不是比爷爷的更宏大呢！我这个是世界地图吔！"

而这种事就绝不会发生在一夫身上，一夫对父亲方田就像洋子一样顺从，但是，对于儿子三木的所作所为，一夫也不会制止，有时甚至是鼓励的。在三木上小学的时候，有一次，他穿灯笼裤，戴高帽子，扮小丑，从学校一路回来。进到院子里，像淘气的大猴子似的，蹦到园丁用来浇院子的水龙头前，抱住那长长的直管，像拿着麦克风似的，来回摇。

突然，水管喷出了水，"扑哧"喷了自己一脸。他往后躲着一跳，"嘭"地滑倒在地上。但是，却没有起来，而是在地上打着滚，就像一只小猪。等被园丁拉起来时，一身泥，又抄起园丁的大笤帚，骑在上面，满院子跑，怎么抓都抓不住。而一夫看见了，不但没有训斥三木，还说儿子有创意，以后能做艺术家。所以，三木从小就很自我。长大后，三木脸上呈现严肃表情的时候少，挂着满不在乎又带点嘲讽笑容的时候多。但是，三木严肃起来却是面目冷峻的，也许游戏玩多了，他挺拔的身上具有一股像武士道小说中走出来的人物一般，有些虚幻的霸气。但他又十分随和，能跟任何人打成一片，当然他也不会介意跟人敌对。他喜欢挑战，不管是玩还是工作，有时在他身上根本分不清专注和贪玩的区别，他对于工作专注，和对各种运动、游戏的专注几乎一致。他的理论是，工作跟玩一样，都要达到极致。所以说销售额的增加，对于他来说就是游戏的加分，如果没有加分，他就会千方百计，甚至废寝忘食地让数字不断攀升。显然，他的玩游戏般的勤奋没有白费，近两年的销售业绩，可以说是可喜的。这也使小野对三木极其赞赏。

阳光终于磨锋利了，铺在两条龙上，龙身上的鳞片闪着光亮。他站起来，走到案子前，研墨。小野站在那里，心里还为他没有明确表态而赌气。

“你觉得三木的那个开拓市场的计划书怎么样？”

小野一愣，马上说：“我觉得很好。开拓中国市场，不但可以建立销售网，也解决了原材料问题，降低进口成本。”

在他桌上，摆着一份三木对企业发展前景的规划，这也是他一个月前给三木布置的，主要是针对市场竞争的。没想到，三木的策划方案一下子就以开拓中国市场为重点，铺设专利布局，铺设销售网，铺设自己的药草培植基地，摆脱原材料的引进，变成原材料自有，实现扩大，扩展，扩张。还有一份三木的调研报告指出，中国草药的生产工艺、制备方法、研发有效部分均落后于日本，即使出口，其市场占有率，不但远远赶不上日本，也赶不上韩国。而且中国的一些制药企业，除了历史悠久的大型企业，中小型企业自主研发环节很薄弱。

还有一项数据显示，从2005年开始，方田制药门店的销售额中，中国游客的消费占比在逐年提高，直到去年占了全部销售额的百分之四十，也就是说有近一半的利润是来源于中国人。三木在中国的黄金假日期间，又在门店开展了一系列营销活动，例如在提供免费邮寄基础上加赠一次免邮卡，也就是说回到中国后，如果需要什么商品，店里可以为其购买，然后免费邮寄。而这个可以不限于是他们店里的商品。这个叫代购，只不过他们店不收取任何费用。还有就是提供免费午餐、晚餐活动。三木汇报时很得意。

小野看他默不作声，补充一句："社长，我觉得在日本我们的资源已经固定了，所以，开拓中国市场是势在必行的，不是吗？"

"三木还需要证明自己。"方田再次改变话题，然后，拿起蘸墨的笔，抿着嘴，挥毫。一小会儿，纸上就出现了两个字，"中国"。

在小野认识有限的中文里，只有"中国"这两个汉字是最熟悉的。看到这两个字，他似乎悟到了什么。

从方田一郎办公室出来，小野几乎一路小跑着进了电梯，下到九层，穿过布置得像动漫城的走廊，在两个黑黑的武士中间，推开三木的房间门。

第七章

洋子临终那天，天空晴朗，窗户泛出亮光照在洋子的床边。昏迷的洋子突然醒了，吩咐护士拿掉氧气罩，说想洗个澡。护士扶她半躺在浴缸里，热气让她苍白的脸有了红扑扑的感觉。

方田一郎坐在房间里，看着窗外如同情窦初开般的嫩芽在阳光下的绿色。门开了，没有让护士扶着的洋子出现在洗浴间门口，眨着眼睛看着他，她穿着淡黄的下摆围着一圈绿叶的裙子，脸上化了淡淡的妆。“还记得这条裙子吗？”洋子走过来，坐在他身边，薄得像一张纸般的皮肤下面淡蓝色的血管像虫子般在脸上若隐若现，深陷如同深潭的眼睛，火苗般跳跃着燃烧的光芒，接着说道，“那天，在那个破院子里，我就穿着这条裙子，那天的天气也跟今天一样好，草儿那样调皮，你是那样的野蛮，但是真美好啊！”

他隐隐感到不安，两只手相互安慰般彼此握了一下。

“还记得这个？”

“难为情了。”洋子握住他的手，轻轻笑起来，“对于我，这是刻骨铭心的美好。”

“那时还年轻。”他觉得喉咙有点儿滞。

“坦白地说我有时还会想起川谷君。”洋子气喘了，声音里带着呼吸困难的嘶喇声音，“爸爸一直自责把我嫁给有肺病的川谷君，所以，他希望我再嫁时能幸福，而你不是个体贴的丈夫，但是，你给我了一生都可以回味的美好，现在，我就要把这美好带走了，还请你不要怪我自私。”说完，洋子站起来，“把我抱上床吧！就像结婚那天，你把我抱到床上。”

他抱起她，说道：“好重啊！就像猪。”她就像当初的新娘，咯咯地笑，说道：“真是讨厌啊！”

洋子平躺在床上，额头的皱纹就像被磨平了，光滑而洁白。她看着他，嘴角绽出花朵般灿烂的笑容，那灿烂一点点扩散，带着这灿烂，她慢慢地扬起下颚，鼻子如同要够着头顶般地极力上翘着。翘到最极致时，她的喉咙做了个吞咽，仿佛心满意足一般，松了口气。

就是那样，猝然的，短暂的一瞬间，突然地闭上了眼睛。

从墓地回来那天，顺着小路下来，天空中飘着若有若无的雨丝。他努力调整着步伐，踏出每一步都小心翼翼地。走到敞开的车门前，莫名其妙地突然回了头，恍惚看见山坡上站着穿着淡黄裙子的洋子，半举着手臂，轻轻地对他挥手。而他居然点了点头，低头踏进车子时，有些恍惚，心里怪怪的，问自己，洋子是不是去世了？

雨淅淅沥沥地下着，而且一直下到睡觉前也没有停下。夜里，他做了个梦。很清晰的梦，一条长长的，小溪般的温泉水从热气腾腾的温泉池里流出，几块石头在温泉水里闪亮，柔软多姿的草围着小溪两侧，像是绕上了绿色缎带。一棵布满蓝黄小花的树下，被风摇落的粉白花瓣中间站着一个身影，他追过去，但却不是洋子，而是个小女孩儿，扎着羊角辫，手臂挎个土篮，一张红红的小嘴，他们吵架，很大声吵架，……嚯地，他被自己的吵架声惊醒了，睁开眼睛，心“呼嗵，呼嗵”地跳，转动眼珠，观察着黑暗里的四壁，他慢慢松了口气，但是却不敢继续睡了。

像以前一样，从床上起来，夜灯亮出暖暖光圈，陪着他出了房间，直到走近靠近楼梯的洋子的房间。

刚结婚时，他在睡梦中大喊，洋子曾被他的声音惊醒，早上时问他，是不是在跟人吵架，她听见他在睡梦里喊“不是的，不是的”。当时，他听了没说话，但是当天晚上，他就到外间睡了。洋子很伤心，在被子里哭，第二天眼睛肿肿的，问他，“是不是讨厌我了？”他摇头，很坦白地说，是他说梦话。“扑哧”洋子笑了，心里欣喜他的体贴，扬着脸说：“没事的。”但是，他冷冷地说：“不想让别人听。”如同一盆凉水泼在洋子身上，心绞痛那句“别人”，泪下来了。可是，就在她整夜因为伤心睡不着时，他却拉开了房门，像个小孩子般抱住她，头靠在她柔软的胸上，嘴唇滑过皮肤，之后噙住她小蜜豆般的乳头，她能感觉乳头在他的嘴里一点点膨胀，就在她等着接下来的事时，却听到了鼾声。此后的岁月，被惊醒的夜晚，他都要到洋子房间，噙住她的乳头，然后如同孩子般安心地睡着。

他把手搭在球形门把上。青蓝的月光从斜面的玻璃窗伸进一只手，抢救着地毯上那朵被他踏在脚下的蓝色花。他站在那里，直愣愣地看着手里的圆球，就好像不知道该往哪一边拧一样。有一年，别墅重新修整，洋子把门柄换成这个圆球，问他手感怎样，他说没感觉。而那一刻，他感觉这圆球好冰冷。

早上，空气中还残留着白雾。他站在后山的车辙中间，仰头看着还在睡觉的鸟儿，接着，噘起嘴一声尖锐口哨惊醒了鸟儿，最先醒来的是他的燕儿，一只体型娇小的喜鹊，从一根树枝蹦到另一根树枝上，最后站在最高树梢，“喳喳喳，喳喳”叫起来。顷刻，树林醒了，声音从树梢、树干，甚至泥土中涌了出来，就像波浪般，一波一波地在空中响起来。空气中飘来潮湿新鲜和腐烂根茎并存的气味，他抽了抽鼻子，气味就趁机钻进去，酸楚就直冲眼眶，他感觉有两条毛毛虫从眼角爬下来。

从后山回来，对在门口迎接他的管家说，搬回市区的老房子。

“老房子？”管家没听懂般重复，然后问道，“青溪街的？”

“是石英的。”

“可是，石英的房子……”

没等说完，被他粗暴打断：“今晚就要住进石英的房子。”

“是的，先生。”

石英街的房子是他创业五年后买的，旁边有一所学校，一夫在那里读完了高小。房子不大，但是有个院子，以前洋子在院子里种了些蔬菜。下班回来，在拐角就能看见邻居主妇隔着栅栏跟洋子聊天，嘻嘻的笑声让他皱眉。他不喜欢，觉得烦，太闹了。后来，搬到青溪街的住宅，他喜欢那里环境安静，散步时也不会遇见超过五个人，更不会看见挎着菜篮的主妇嘻嘻哈哈地大声说笑。但是，他却没有卖掉石英的房子，后来赶上泡沫经济冲击，他卖了两处门市，也没卖掉那房子。他说，那是敌后根据地。洋子听了，吓了一跳，问道：“敌后？那么，敌人在哪里？”他立即警觉地闭嘴，说开玩笑的。但是洋子依然觉得莫名其妙，说：“哪里想出这样的话？奇怪。”

岁月流逝，这个根据地虽然看上去小小的，但是因为一直有人打理，所以还很不错。院子里洋子曾经种过的菜地上，现在是几棵桑葚树，是1980年搬走的第二年他种的树苗，种了八棵，活下来四棵。桑葚树树龄长，生长缓慢，但是叶大，果长，树干粗细只有三十年松树的一半。每年桑葚果成熟时，都会采集，然后请酿酒师酿桑葚酒，他虽然滴酒不沾，但唯独喜欢桑葚酒。

站在院子里仰看着树，房间已经收拾好了，但是还有一股长久没人住的霉味。管家站在门口，看看他，又看看身后的屋子，脸上挂着为难。他实在不知道，这地方怎么能睡好觉。旁边邻居挨得如此的近，几乎能听见主妇哼着歌煲汤，含糊不清的歌词裹在汤的气味里，就像锅里冒出的蒸汽，嗤嗤啦啦的。还有小孩子在前面的街道嬉闹，以及老人的狗叫声。他实在无法想象，以后每天都要待在这乱七八糟的环境里。管家希望他注意到这些，改变主意，回到那个客厅都比这整座房子大的别墅。

显然，让管家失望了。他转身进了房间，盘腿坐在桌前，等着端上晚饭。

每天晚上，饭后他都步行在青灰色的街道上，缓慢地穿过一段下坡路，然后进入纪念公园。以前住在这里时，这里还不是公园，只是个依山坡的小广场。他不知道为什么叫纪念公园，也没兴趣知道。他感兴趣的是公园里总有很多人，老人、孩子、情侣，还有鸟儿，和一群流浪猫，来散步的人总是把鸟粮和猫粮投放在固定的投放点。在一处缓坡上，树木高大，树下草丛也很茂密，他能看见一只黑猫趴在枝干上，幽幽的眼睛闪着光看着他，猫的头顶就是鸟巢，鸟儿飞进飞出。他站在那里想看猫抓鸟儿，小时候他就喜欢看猫抓鸟儿，那是只黄色条纹的狸猫，扑向鸟儿的样子，身体就像他弹弓里的石子，啪地，弹出去，并且一下命中。

他有些急切，对着猫说："鸟儿，上面有鸟儿。"黑猫站了起来，伸个懒腰，打了个大大的哈欠，伸出还算锋利的爪在树枝上"咔咔咔"地挠了几下，然后，一跳，又一跳，下了树，隐匿在草丛里了。

此后，走到这里，他都要停下看看，猫依然趴树枝，鸟儿依然飞进飞出，他就纳闷，猫和鸟儿是怎么和平相处的。他对着树噘起嘴，吹口哨，只是声音太小，鸟儿听不见。

就这样，在这个管家认为喧闹的环境里，他住了快五年，而且他完全喜欢上了这里。他不再担心半夜醒来会因为安静而觉得惊怕，外面的街道好像从来没有休息过，即使是半夜，也会有摩托车一晃而过时的音乐和尖叫声。有时，他能听见摩托车冲下坡路时轮子摩擦地面的"咔嚓，咔嚓"的声音。在这些声音里他感觉安全，这嘈杂的市井生活让他感到生命的热力，他感觉自己被生命的热力包围着。

有一次，他看见一群穿着彩色紧身骑行服，大约五六十岁的人骑着自行车在车流中，行云流水般穿梭着。

他萌发了买一辆自行车的念头。在办公室问三木，哪种自行车性能优良，骑行舒适，消耗体力最小，功能最全，材质最轻，坚韧度最高。听他说完，三木故意做出惊讶的表情，说道："爷爷，专业啊！"

三木喜欢极限运动，在大学里参加了极限社团。在大学生极限挑战赛中，他在的社团曾连续三年获得最佳团队称号，他个人也在雪上滑板联赛中获得过名次。大学毕业后在他的资助下，成立了极限俱乐部。俱乐部就在青山街125号，这处产权归属于冈本先生，大岛竹内去世后，二楼一直闲置。三木选择俱乐部地址时，一下子就看中了当初的大岛竹内实验室。对这里进行了大规模的装修，拆掉了以前跟咖啡馆独立的门侧楼梯，一楼依然是营业的咖啡馆，但是跟二楼的俱乐部是一体的，楼梯设在咖啡馆里，不过上楼还可以看见曾漆了油彩的窗户，现在变成了通明的长玻璃窗，这个玻璃窗正中央是极限俱乐部"三木成林"的标志。

虽然三木是个有经商头脑的人，但是他的咖啡馆并不怎么赚钱，根本无法提供俱乐部的巨大开销。所以，平日里三木还有一项事情，就是到处募集钱款。不过，他募集的主要对象就是方田一郎、小野，还有惠子——三木的妈妈。

当然，俱乐部的一些会员也会筹集一些，多数也是从家里筹集来的。但是，这只是少部分会员，大部分会员只是享受俱乐部提供的运动器械、户外装备，以及健康检查、营养品等等。极限运动不仅仅属于运动的范畴，更属于人类生命力的完美艺术体现。生命是短暂的，拥有生命力最旺盛的时期，又称为蓬勃期，这个创造生命奇迹的时期，则更为短暂。俱乐部在招募一切喜欢极限运动的会员加入时，提供了一切免费提高以及增强体能的营养物质，就是希望这短暂的蓬勃期能有所延长。不过，入会的条件也很苛刻，这个苛刻自然是个人体能上的。所以，体检是必不可少的，而且严格程度堪比专业运动员。可以说，虽然俱乐部的极限会员是业余的，但是从管理到训练，还有活动都是极其正规的。这也体现了三木做事的认真、追求极致的性格。所以，三木的俱乐部在全国业余极限团体中享有很高的声誉，基本上一年一度的极限运动表演赛结束后，都会有新的优秀的极限运动爱好者加入。

从去年开始，体能测试医生就不再准许三木参加高难度的，例如滑板滑雪的极限赛了。每次测试，他的应激灵敏度都低于正常值，而这项运动转体七百二十度，以前是三木的强项。现在医生却说，就是三百六十度，也可能会让他摔成残废，是因为柔韧度、灵敏度的问题。

三木不服气，扬着下巴，对医生说："难道像老鼠那样才算灵敏？"

"老鼠哪里灵敏？"医生反问道，"您是觉得能钻洞就灵敏？还是小就灵敏？那么，还有更小的，例如跳蚤，跳跃时六个长腿同时收缩，又同时弹开，在千分之一秒里完成跳跃，而且可以完成连续跳跃，高度是自身比例的几千倍，那么，是不是更敏捷呢？”

“还真是能说！”一贯在语言上都占上风的三木，被医生说得哑口无言，“只是抱怨了一下下，用得着这样吗！”

“用不着吗？不这样说，能说服三木少爷吗？蝴蝶引发海啸，差十微米灵敏度也是一样，这个灵敏度是大脑左右脑协调、同步、传递。生命体在最蓬勃时期，这个是最好的，过了这个时期，灵敏度就会消退。”

“您的意思，我老了？”三木撇了撇嘴，“哦，天啊！真该像队员们说的，最好就把您的嘴缝上，免得遭受它像敌人般的打击以及瓦解我们的斗志。”

“斗志跟生命，您可以自由选择，至于选哪个，那是您的自由。”说完，医生笑了，“不过，我的嘴你是没权利缝的。”说到这，拿起报告单，“啪嚓”盖上不合格。

三木不能参加越野滑雪，当然，遭到了俱乐部里的人取笑，“那个自以为是的三木，终于选择了苟且地活着了。”

所有人哈哈大笑时，三木郁闷地坐在靠窗的高脚椅子上喝着酒。旁边是一张长长的，既像餐桌，又像吧台的桌子。桌子上方挂着杯子，桌子中央放着酒、碱性水、运动营养补充剂。几个从器械上下来的会员，笑嘻嘻地拿起补充剂，对三木说：“真是羡慕啊！可以喝酒了。”说完，又嘻嘻地走了。

这时，穿着蓝色运动装束的俱乐部经理人走过来。这个经理人以前也是玩高山滑雪的，后来膝盖摔伤了，医生说任何运动都要禁止。三木聘他做了经理人，负责招募会员，联系组织活动，还有楼下咖啡馆的管理。可以说，他是个优秀的经理人。但他有个缺点，按照三木的说法叫妥协主意，就是任何事都可以退而求其次。他坐在三木身边说：“下半年有个俱乐部自行车越野联赛，是否考虑参加呢？”

“那是小孩子的玩意，我在上高小时就蝉联学校冠军了。”三木说，“没刺激性。”

尽管这样说，到最后三木还是听从了经理人的提议，开始进行自行车越野赛的训练。

现在，已经训练三个月了，而且正处在兴奋期。所以，当听到爷爷问起自行车时，三木就显摆般大讲特讲，从车子材质性能到骑行体验，就像自行车店里的推销员。听了一会儿，方田烦了，说道：“真是的，说起来就没完，啰哩啰唆的，什么时候成销售员了，耽误时间。”

“哎哟，爷爷，是您问的，我才认真回答的。”三木说，“爷爷，是不是以后不管您说什么，我只要把结果放在您眼前就可以了呢？”

“是的，那么多废话，吵得脑袋都疼了。”

“我知道了。”

晚上，方田就看见院子里放着一辆自行车，三木所说的“结果”。管家说是俱乐部的人送来的，说是最轻的车，一根手指头就能提起来，“但是，我试了，不能提起来。”

方田走过去，伸出一只手，看管家还站在旁边，问道：“看热闹吗？”

管家马上转身进了厨房，对正在准备晚餐的厨娘挤挤眼睛，努了一下嘴。厨娘往窗外看了看说：“社长，真是有魅力的男人啊！”

说这话时，他正骑上自行车，冲出了大门。

休息日，一夫和惠子来了。惠子面孔白皙，身材娇小，脸上挂着温和而又优雅的笑容。她说话声音轻柔，脚步也轻柔，弯腰鞠躬的动作看上去也是轻柔的。她和洋子一直相处很融洽，有时她们在一起像姐妹般说笑。

惠子站在那里微笑着说：“爸爸，您一切都好吧！”

“都好。”他微微躬身还礼，“请坐下吧！”

“爸爸，最近好像瘦了些了。”

“还好。运动多了些。”

“听说爸爸不用车子接送了，而是每天骑自行车，是吗？”惠子问道。

“是的。”

“爸爸，有些话不知道当不当讲。”惠子说话的声音也很诚恳温柔。

“不知道，就不要说了。”他知道儿媳惠子要说什么，所以，先堵住了。

惠子低下头，虽然已经五十二岁了，但是她看上去很年轻，皮肤光滑细腻，侧面看，她的嘴微微抿着，就像受委屈的孩子一般，说道，“那么，我去给爸爸包五彩饺子吧！”

方田一直很爱吃饺子。洋子在世时，经常包饺子，而且最拿手彩色饺子，是用蔬菜汁调的面，绿的，黄的，紫的，黑的，橙红，晶莹剔透十分好看。日本的饺子属于菜，不属于主食，摆出来很好看，只是他一直觉得不好吃。以前，他认为是因为过于精细了，但是现在他知道了，不是这样的，而是他的味觉问题。在他的味觉记忆里，饺子是从水里捞出来的，热气腾腾的，一口下去，冒出浓香的汁，肉菜混合的汁。肉是猪肉，菜是酸菜。

他缓慢地倒茶，只倒到八分，停住了，说道：“不用了，还是擀面吧！好久没尝惠子的手艺了。”

一夫在院子里跟管家说了几句话，进屋时在门口鞠躬，说：“爸爸，下面街道修路面，来回骑车是不是很危险呢？”

“你想说什么？”方田问，“怎么都很想管我是吗？”

“爸爸。”一夫说着，坐在桌子另一边，“只是很让人担心的，一想到您骑着自行车穿行在街上，我就得吃降压药。您不知道每天早晚，我这心像挂了个桶。”

天空中一道道的白，就像运动场上的跑道。鸟儿就是这跑道上的运动员，疾速飞过。他低下头，看着一夫，五十几岁的一夫很明显地老了，眼睛周围皮肤松弛明显，眼睑层叠出凹陷，这个样子很像洋子老的时候。

“你好像很疲惫？”方田问道，“就是因为担心？”

“不是的，只是研发中心上的那个新项目。”

“哦，这样啊！”方田拿起杯，喝了一口，说道，“还是要注意身体。研发得怎么样了？”

“一切都很顺利，就是我个人还想搞一个跟这药物配套的小型煎药机。等上市时作为辅助宣传。”一夫在一旁说，“请爸爸放心吧！”

“哦，小型？有多小？”

“这个还要保密，不过，到时候会让爸爸惊艳的。”

“惊艳？”他说，“现在用的词都不一样了。”

“爸爸都能骑自行车了，我还不能改改用词？”说到这，一夫笑了一下，但是马上又严肃了起来，“爸爸，还请您考虑我的意见。”

“什么意见？”

一夫明显地愣了一下，然后语气缓和地说：“当然是骑自行车的事。”

“哦，这个让你觉得困惑？”

“是的，爸爸，很困惑，而且影响我的睡眠了。”

“哦，这样啊！我会考虑的。”

方田不再骑自行车了，选择了乘坐地铁和步行。一夫真是琢磨不透他在想什么。看着他走出大厦，穿过广场，消失在川流不息的人流中，就有一种觉得他像是个让人操心的、今天这样，明天那样，总是花样百出的孩子。

后来，方田把自己的下班时间错后了一个半小时，高峰期过去，他走出大厦。有时，他会到对面的广场，看宣传演出，有时会顺着路漫无目的地走，在他身后跟着一夫安排的保护人员，这事是经过方田同意的，这些人很专业，根本不会让他觉得自己在被跟着。所以，他完全忽略了还有这个环节，随着自己兴趣走。

现在，他在十字路口，踌躇一小会儿，右拐走下去不远，看见横跨街道的石桥。石桥两侧是通山林公园，公园里有一座寺庙，远远就能看见寺庙的红檐。他从路边像拱形门的入口进去，踏上石阶，走过一段路，看见了长椅上一个流浪汉摆好了占领的姿势，那人穿着颜色混乱的衣服。经过长椅，他发现有只蝴蝶落在流浪汉的身上，那么，蝴蝶一定误认为花丛了。

走上石桥，在中间停住，石栏的圆柱上面还有阳光的温暖。他低头，疾驰的车子如同流星划过，他把视线停留在这些疾驰的车上。从这跳下去，车轮会像擀面杖般把人碾成肉饼，那么，大岛竹内为什么觉得这样的死法是好死呢？他想，这宛如长蛇般的车流，就像流动的水，把身体里的每一寸骨头变成粉末。想到这，呼哧，呼哧，他感到肺紧张了。他在帽檐下的面孔越来越凝重起来，恰好跟逐渐来临的暮色融在了一起。

风吹过来，他闻到了一股超然脱俗的沉香的味道，寺庙暮经开始了。暮色里，他看见桥下变成晃动着的一条江，江水里闪亮着发光的石头，一条条鱼游弋在江水里。

第八章

当天空彻底走向了黑暗，夜弥散开来，城市就犹如一个拉开帷幕的舞台。锣鼓过后，好或者不好的戏逐渐登场。在石桥上，他看见了城市浮在空中的巨大影子，每个人都被这影子笼罩。沿着台阶上露出的荧光的指示箭头，拐向侧面，通向后面的是一条窄路，在路两侧的树，彼此的树冠在空中相亲相爱般地够着，风从上至下俯冲过来，像给相爱的树冠划了一条界线，同时也像小偷般掀开了他的衣角。

仿佛是忽地一下，路上的行人多起来。空气里充满了一种人间才有的热闹气息，这气息可能说不清楚到底都是欢快、痛苦、新鲜还是腐败的，就像汽油和食物两种不相干的东西混在一起，可能又像香气和腥气，或者也像啤酒和油漆的混合物。但是，这气味却是包容的，恰到好处的，让人毫无戒备融入的。

他走过古田町的商场大玻璃窗时，停了下来。这里是比较热闹的街区，游人很多，于是各色人等、各种语言在这里汇集成霓虹般的颜色。一队戴着统一旅行社红色帽子的中国游客，在导游的带领下，从他身边经过。他听见了队尾的一对年轻男女在讨论给父母买什么。他们的口音憨直的，尾音带了儿化般的翘舌音，听起来自带一种属于语言本身的幽默。他不自觉地笑了，在银色的橱窗里，他看见自己的皱纹一层层聚在眼角，眼睛眯着的弧度和嘴角翘起的弧度相互映衬成弯弯的形状，淡蓝衬衫的衣领下，脖子上皮肤的松松垮垮没那么明显了，要不是掩盖不住的白发在帽子边缘，他真觉得自己一下子年轻了。

这感觉让他恍惚了一会儿，然后突然地穿到对面，然后就像被一种迫切逃离感驱使般踏上右侧的路，脱离了这条繁华街道，七拐八拐地来到一条他熟悉的老街。

老街上的卖报纸、地图、水果等小摊位从战后一直到现在，七十年过去了，老街上依然有老年男人正在卖报纸的摊位前嚷嚷，酒鬼、流浪汉的脸上长期被酒精发了的肿眼，闪着迷茫的光。以及已经中年的老板娘不满老板光下棋不招呼客人的嘟嘟囔囔的抱怨。依然有挡在面前的标注牌，上面写着维修。在他的记忆里，这条路总是在维修，几十年过去了，路还没维修完，他却老了。当年，那个像豹子一样跳过维修栏杆的身影，跨越岁月的栏杆浮现在眼前。前面有个地下通道，那个身影每天早上从地下通道冒出来，晚上再陷进去。这个地下通道中间的那条挨着垃圾箱的长椅曾是他住了三个月的床。直到他在码头货栈找到了工作，当时是洋子的丈夫川谷秀夫的货栈。看见苍白而瘦弱的川谷秀夫时，他吓了一跳，川谷秀夫眼睛深陷，脸颊两团红晕像正燃烧的火焰，说话带着嘶嘶的声音。方田住在仓库，半夜里，他总是能听见川谷的咳嗽，空空的声音，就像胸腔里被掏了个洞，深渊无底的洞。

但是，川谷秀夫却不是忧郁的，看人的目光总是带着温情，只是那温情有时会被误解，觉得是一种病态的无可奈何或者是可怜。他确实是个很好的男人，不管洋子怎样劝都努力地干着活。只是，他喘气的时间总是要比干活的时间多。

傍晚，川谷会坐在货场的最高处，对着太阳落下后的一片灰白唱歌，依然是空洞的咳声多于歌声。这时，他的脸青白青白地透亮，急速起伏的胸口，嘶啦，嘶啦的呼吸，如同撕开破布的声音，方田觉得难受，很难受，就看着高高的货堆，说道："您要知道自己休息。"

"快了，快要好好休息了。"川谷秀夫说，"所以，现在珍惜时间吧！尽情歌唱吧！"

方田心里一紧。然后，几下跳上货堆，坐在川谷秀夫身边吹起了口哨。洋子说在屋里看见了那一幕，感动得流下了眼泪。那天，川谷秀夫对他说："男人心里装着女人，一颗心就像泡在水了，总是湿漉漉的，所以才会像你那样的忧郁，你心里装着一个女人。”方田回答是“我也不知道，就是脑袋里都是她的影子”。“那为什么不告诉她呢？”川谷秀夫问。方田望着天空泛出的灰色，说：“远隔千山万水。”川谷秀夫理解地拍拍他，两个人默默地望着天空，直至黑暗降临。

在这一刻，天空的黑暗让他突然地伤感，心中生出奇异的思念感。这时，他觉得又生出一个自己，在路上踽踽独行，老态龙钟，步履沧桑，正慢慢接近终点。他看着看着，忽地又有了毛毛虫爬出眼角。雄边医生说老年人的症状之一，是睹物思人，之二是越来越喜欢回忆小时候，哪怕很小很小的事都能记起来，症状三就是越来越充沛的泪水，和越来越控制不住的行为。这时，他深刻体会了，心里叹了口气，踏上了一段就像被画成格子的青石路。

街角蹲着一只流浪猫，见他过来，突然蹦起来，一跃上了树，眼看着三跳两跳地上了房。这里已经离开西门町很远了。走了一会儿，他看见了巷子，里面看是一条小小的食品街。巷子口一家小门脸的饭馆引起了他的注意。招牌上写着日文和中文的“中国水饺”。

这里应该是上班族或者逛累的游人光临的地方，环境干净，便利，食物简单。因为过了晚餐时间，店里七八张桌子只有一张桌子有客人，是一对情侣，边吃边笑着说着什么，间或女孩儿还腾出手拍男孩儿一下，说：“不要调皮了。”男孩儿嘻嘻地笑，咧开大嘴露出洁白的牙齿。

见他站在门口，一位头发花白、面目和蔼的，穿着碎花连衣裙的老妇人，从吧台里走出来，笑眯眯地鞠躬，请他坐在靠窗户的桌子前，倒了杯茶，她微微躬身，问道："您喜欢什么口味？"老妇人圆脸，眼角间皱纹很深，肌肉松弛造成眼皮下垂，而且左眼睛很严重，耷拉的眼皮把眼睛遮盖呈三角眼。而且这三角眼的眼皮上贴了一小块白色的软纸，随着睫毛的眨动，感觉那白纸就像蝴蝶翅膀。

查觉到他的注视，她有些不好意思地笑了笑，抬手轻轻在眼皮上一抹，微微躬身说道："您见笑了，是因为眼皮跳，用了妈妈曾用的办法，以前也笑妈妈，但现在老了，倒是不自觉地就越来越像妈妈了。"

他笑了一下，低了头看着印在桌子上的品类，这个做得很精细，上面图文并茂。

"中国水饺吧！"他说。

"先生，还请您说一下什么馅才合口味。"她日语有点儿生硬，有些词像外国人学说日语的感觉。好像从门口吹过来一阵风，一股食物的香气在空中像花瓣般纷纷落下，穿着镶蓝边白色制服的，年纪跟他差不多，但比他胖很多的男人，掀开厨房的门帘，说的是中文，"凤琴，没有客人的话，就让小爱回去了，她还要带孩子。"

"可以吗？"门帘后面露出一个大约三十几岁女人的

脸，说的也是中文。

老妇人对他抱歉地躬身，然后转过脸，说道：“带些饺子回去给孩子。”

“这怎么好意思呢！”女人说，“自从来到日本，您和王叔就这样照顾我，很不好意思的。”

老妇人笑了一下，转过身时，他问道：“中国人？”

“我先生是，我是战争遗孤。”她说，“1990年从中国回来的。”

“哦，这样，怪不得听您的日语有些奇怪。”

“是后来学的，当时可能有母体的语言记忆所以学得很快，而且我一直以为跟土生土长的日本人差别不大，但还是让您听出来了。还请多多包涵。”

“是差别不大的。”他说着躬身道，“还请多多谅解。”

老妇人笑着躬身还礼，接着说道：“饺子有西芹馅、角瓜馅，还有猪肉大葱、香菜馅……”

“那么，有酸菜馅吗？”他突然问道。

“酸菜？”老妇人一怔，说道，“先生，怎么会知道酸菜？中国东北的酸菜？”

“哦！”他一惊，像是深思般皱了一下眉，说道，“有个朋友小时候吃过，觉得很是好吃。”他在座位上微微躬身回答。

“这样啊！”老妇人笑了笑说，“不过，请您原谅，并没有酸菜馅水饺，因为日本人不喜欢的。以前也腌过，但是被投诉，说是危害身体健康。所以，还请原谅，那么，芹菜水饺，可以吗？”

他微微欠身，说道：“那么麻烦您了。”

“客气，您稍等。”说着，鞠躬转身离开，走到厨房，掀开门帘走了进去。

他想看她的样子应该有七十岁了，那么，战争结束时，她有多大呢？三岁，或许不到，那么她是怎样被遗弃的呢？他心里想。

对面大厦上的霓虹，在巷子口变换着颜色。那对已经吃完饭的年轻男女正在看地图，商量着去哪里玩。男孩儿说从这里出门右拐是音乐广场。女孩儿说斜对面是购物大厦。说完，抬起头，指着对面的大厦，举着地图，说这个不就是这样嘛！

他探下身，看了看地图，是市区地图册，分八张，每张代表一个区域，区域里的街道、店铺，就连垃圾桶的位置都标得清清楚楚。男孩儿指着地图说道：“不对的，是右拐上过街桥，下去后左拐。”女孩儿有点不信任般问一句：“你确定是吗？”

“当然。”男孩儿自信满满地回答，之后又用了疑问口气，如同自言自语地说：“不会错。”

方田示意女孩儿把地图给他看，女孩儿见了，欢快地走过来，指着自己刚才的位置，又指指对面大厦。

“哦，是的。”方田看了一眼，用汉语说道，“不过，需要走过街天桥。”说完，他吓了一跳，马上闭了嘴。

“您会说汉语？”女孩儿很惊喜，对男孩儿说：“这个爷爷会说汉语。”男孩儿坐在座位上对他抱拳，顽皮地说了句“谢谢”。然后又露出洁白的牙齿笑了。

方田突然觉得愉快了。

一个月来，方田有了一个去处。尽管这个去处不像俱乐部，或者小野的武馆那样环境舒适，但是他却完全地放松了自己。他每天晚上的七点，穿过街心公园，拐向这条路，在小巷子口停一下，然后出现在小饺子馆里。老妇人——清河庞子女士一边鞠躬说“真准时啊！”一边把一碗温度适中的饺子汤端上来，请他先暖暖胃。这个时间晚餐高峰刚过，店里还有一两个晚来的顾客。但是，那个叫小爱的钟点工换下工作服，准备下班了。小饺子馆营业时间是早上十点到晚上八点，下午两点到四点是午休时间。小爱早上八点来店里做准备工作，中午和晚上用餐高峰的两小时，会有两个大学生钟点工帮忙，而且店面清洁也有清洁公司的人，在上午营业前和晚上关店后负责。事实上，庞子女士和丈夫承担的工作完全符合身体承受能力。

小爱在门口挂着笑容跟他道别。庞子女士的丈夫王先生掀开门帘，对方田只说了两个字，“来了”。他没有说“您来了”，也没有说“方田先生来了”，甚至也没有躬身，只是说了句“来了”。但是，就是这句简单的“来了”，去除了礼貌的修饰，就像无障碍的路，或者敞开的门，让方田觉得无隔阂地走近，就像好了无数年的朋友，不需要一切多余的话了。他也回答，“来了”，用的也是汉语。最近一个月，他的汉语流利了很多。

过了一会儿，王先生端着热气腾腾的水饺出来：“小爱刚才特意包好的。”

方田微微躬身，用筷子夹了个饺子，咬了一口之后，问道：“是小白菜？”说着，举在眼前看着咬剩下一半的饺子。

“我说方田先生猜不出来吧！”庞子女士在一旁笑着说道，“方田先生，这是野菜，芨芨菜，春天时我和老王去山里采到了一些，拿回来焯水后冻上的，昨天您走后，突然想起，今天就拌了馅。”

“怪不得，感觉不一样的味道，不过，很好吃。”他说，吃下了剩的一半，接着又夹起另一个。他喜欢先空口吃几个饺子后，再蘸醋或者来点鲜抽。王先生说他很会吃，说在中国的东北以前老辈人都是这样吃，麦香混合肉香和菜香在味蕾得到最大的呈现。

王先生是穿山越岭的地质队员，健谈幽默，他说话的声音就像键盘上跳跃的不同音符，不但可以听见，还能感受到他描述的山、树林、河水，以及野果子的香气、山蘑菇的清新。他就如同魔法师把所有呈现在空气里，并且一点点地弥散出愉快，而这愉快好像并不是王先生说出来的，而是原本就存在，只要随时拿出来就能感受到。

这愉快感染了方田，就像风吹出的清凉，让他觉得身体里的细胞好像卸掉了沉重，轻松地如同载歌载舞般欢快起来。他说，树林里除了高大笔直的松树，还有桦树、柞树、梨树、苹果树、核桃树、樱桃树、桑葚树等等，春天那些千朵万朵的花好像在一夜间突然开放般，一下子就花团锦簇了。远远地望去粉白一片，仿佛是仙女驾着的彩云，一阵风，花瓣雨在空中飘洒铺在林间小路上，有时松鼠在路上左顾右盼，就像在思考曾经熟悉的路哪里去了。等阳光主宰树林的时候，湿润的雾气震荡着，缠绕着枝条，如同舞者跳着最后的告别舞蹈。渐次到来的阳光，终于在树枝上跳跃成一条条流光溢彩的波纹时，一束束，或者一盏盏绿就摇摆出初绿的欢快。在树林下面还有一条江，阳光被江水反射的光影，印在树林间，初绿的欢快配合着跳动的光影，仿佛是江水里的鱼游弋在树林间一般。那些鱼鲜美极了，炖在锅里，味道飘在空气里，远远地就能让人垂涎欲滴。说这些话时，他的目光望着空中某一点，喉咙不自觉地动着，就像他描述的树林就在那个点。

庞子和丈夫王先生顺着他的目光注视了好一会儿，庞子问道：“是方田先生的家乡？”

“哦！”他惊觉自己居然说了那么多话，有些尴尬地笑了笑，“是一个朋友曾经住过的地方。”

“这样啊！”

透着柔和的光，穿着清洁制服的工作人员在门口鞠躬，问道：“可以进来吗？”庞子站起来，一边躬身一边走过去，说：“请进，辛苦了。”清洁员进来，他和王先生站起来躬身，说：“辛苦了”。清洁员在庞子带领下走进厨房。他也转身，刚要躬身说告辞，突然想起男孩儿的抱拳，双手抬在胸前汇合，然后抱在一起，对王先生说“告辞”。王先生随即抱拳，说“再会”。走出门，他觉得刚刚抱在一起的双手好像充满力量，这力量从手上升到手臂，经过颈动脉跳到脑袋，然后从脑袋下行心脏，直至脚底，就如同练武的人，全身经脉运行一般。

第九章

“您来了？今天怎么这么早？”庞子在门口问。

这是周五下午，是他例行身体检查的时间。在医院门前，他看见了迎接他的雄边医生。医院是一栋高高的白色建筑，就犹如冬天的雪堆成的房子，冷冷的样子。他不怎么喜欢，但是他依然支持医院的科研课题研究，每年方田制药都会投入一部分资金，其中包括雄边医生和一夫研究的小型煎药机。见他下车，雄边医生过来鞠躬问好，旁边一个推着轮椅的小个子年轻护士，伸出手臂请他坐下。他保持挺拔的身姿，没看见般走过去，小个子护士看了雄边医生一眼，然后迈着小步跟在他们的身后。

“社长，可能需要走一段路的。”雄边医生看着方田，眼睛里是医生严肃但又温暖的目光。“您最近睡眠好吗？”雄边医生一边问道，“看您好像消瘦了些，胃口不好吗？”

“不是，只是运动得多些。”

“那么，还在骑自行车？”雄边医生笑了笑问道，“一夫君担心得要命，跟我说您比三木最初玩极限运动，还让他提心吊胆。”

“他血压怎么样，稳定了吧？”

“没什么问题了，他是有些神经性的血压升高，一夫君是个胆子不算很大的人，但是个孝顺的儿子和好爸爸。不过，他很不幸，命运安排他遇见的爸爸和儿子都不是平凡的人。所以，担惊受怕也是正常的。”说完，雄边医生呵呵呵笑起来。

方田停下来，侧过脸看着雄边医生：“倒真是话多，总是这样啰唆。把这些话用在女人身上，也不用在俱乐部丢鞋子了。”

“哦，很糗的，社长，难为情的。”说着，雄边医生看看身后的小个子护士。见小个子护士正露出两个小小的酒窝笑，问道：“预约几点？”

“是半点。”

说着到了一扇银色金属门口，小个子护士先过去推开门，躬身说“请进”。雄边医生站下，凑近小个子护士说道：“不许跟别人说。”小个子护士脸一红，点头答应。

等雄边医生进来，帮他摆正体位时，方田说：“警告别人不要说，是最傻的行为，尤其是女人。”说完有些得意地嘿嘿笑了。

“社长，我觉得您很开心似的。”雄边医生说，“我是指您最近心情很愉快，是吗？”

“哦，这个也能检查出来？”

“哪里用检查，您的情绪表就挂在脸上。”雄边医生说，“不管什么原因，这都是好的，细胞快乐起来，身体就健康了。”

确实，检查结果一切都不错，雄边医生开玩笑说：“社长可以考虑再婚了。”

“真是个浑球儿，怪不得只能丢鞋子呢！”方田语气透着快乐地说。

没人在一旁，雄边医生笑了，笑得很顽皮，很开心。雄边医生五十四岁了，但是还算英俊，形体保持得完美，不但没有像一夫那样发胖，也没有中年男人的那种谨慎的神情，而是像年轻人一样活跃。因为多年单身，又喜欢业余时间排演舞台剧，所以整个人看上去很年轻、开朗。年轻的时候，一夫也演过舞台剧，方田和洋子还去看过，演的是《武士之死》。雄边医生演武士，一夫演随从，还有个女孩儿演武士的情人，有一段是随从背着受伤的武士到情人的窗前，情人推开窗户，见到武士受伤，绝情地关上窗户，随从站在窗前求情。一夫的那段独白听起来情真意切的。等演出结束，雄边医生嘲笑地说，一定是随从喜欢上了武士的情人。当时，一夫脸红脖子粗地回家，大骂雄边医生时，他还以为他们的友谊会就此完结。但是，事实是，一夫跟雄边医生的友谊不但牢固而且持久。

从医院出来，时间还早，按照惯例，方田会回到那间玻璃窗上挤着阳光的办公室。但是，他站在台阶上望着街道，踌躇了一小会儿，吩咐助理送他到西门町，说随便走走。

路面出奇地顺畅。车子停稳后，他推开车门，闻到空气中飘着午后慵懒的气味。显然，街道还没完全从睡眼惺忪中清醒，行人步伐也缓慢得如同百无聊赖地消磨着时间。他却表现出不同，看上去急匆匆的样子，从西门町一会儿左拐，一会儿又右拐，他也没有确定目标，但是脚步最后停在小巷子口时，他突然想到大岛竹内的话，潜意识只有一个目标，不管你用了多少步骤，耍怎样的花招，最后还是直奔目标，你无法左右它想要的，也无法改变它，因为它从来都不属于你，它属于它自己。一下子，有了危险的感觉，他告诉自己离开，但是脚却如同钉在地上一般。就在犹豫时，庞子女士恰好开门看见他，请他进来。

“哦，今天去了医院。”

“怎么了？不舒服？”

“不是，只是例行检查。”

“那么，一切都好，是吗？”

“是的。”他四下环视，“王先生，没在？”

“哦，还要等一会儿是就餐时间，所以他去了理发店。很快回来的。”

“哦，这样。”

“刚检查完，是不是有些饿？给您煮碗馄饨吧！”

“还不饿，不需要，茶就可以了。”

庞子提着水壶过来，壶身上排列着朵朵梅花，随着她的移动，阳光折射到上面，梅花就像刚刚盛开般鲜艳。她坐在对面，在茶杯里倒满水，说：“昨天您说您喜欢吃鱼，老王早上去了鱼市，说要让您尝尝地质队员在野外练就的炖鱼技术。”

“哦，王先生不但让人感动，还是个有耐心的人。”

“他哪里算有耐心。要说有耐心还得是我的爸爸。我是指我的养父，才是有耐心的人，休息日带着我们去公园放风筝，去松花江边捞鱼。我还记得每天傍晚，养父的车子拐进胡同，就能听见‘咣啷，咣啷’饭盒荡在车子上的声音。哥哥姐姐跑出去接，我虽然小，也跟着跑出去。有一次摔倒在门口的一摊水里，哇哇大哭。爸爸抱起我，悄悄在我耳边说：‘不哭，给你好吃的。’说着从兜里变戏法般掏出一颗糖豆。后来，每次看见爸爸回来，我就故意坐地上。爸爸也不气，没有吃的，就把我放在脖子上，然后说：‘把住了，老鹰要抓小鸡了。’哥哥们围着爸爸跑，不让他抓住。我最小的哥哥比我大半年，眼红爸爸偏向我，有一次趁爸爸不在家时，抱着大公鸡吓唬我，没想到，那个大公鸡一伸脖子，一下子就叨了在我眼皮上，痛得我大哭，闭着眼睛，眼泪哗哗地流，养母从屋里冲出来抱起我往卫生院跑，一进门上气不接下气喊：'眼睛，眼睛瞎了。'医生过来扒开眼睛，说了句'眼睛没事'。妈妈还不信，医生就把手里的笔尖对着妈妈扎过去，妈妈一下子闭上眼睛。医生说：'这下明白了吧！'

"妈妈抱着我回家的路上，给我买了一根麻花，我高高举着麻花，一只眼睛看见小哥在胡同，就忘了眼睛还痛，大喊'麻花，麻花'。小哥见了跑过来，还没等到跟前，妈妈对小哥抡起巴掌，小哥一躲没打着，妈妈就说了句'等回家收拾你'。那天直到晚上，小哥都没敢进门。爸爸站在胡同口喊：'小六子，你要是再不回家，可不要你了。'小哥就像小偷似的闪进屋里，爸爸指着门口，小哥乖乖地从门后抽出笤帚递过去。那天晚上，小哥趴在炕上，屁股痛得'哎哟'直喊，我拿出一段麻花送到他嘴边。"说到这，庞子笑了，"后来，哥哥姐姐们说，之所以小哥跟我的感情最好，就是用麻花建立起来的。"

"男孩子有时又淘气又傻气的。"方田接着说，"我的朋友小时候就是的，每天清晨爬到树上，等着村里的那个女孩儿从树下路过，然后，心里数着，1，2，3，4，5……数到10时，女孩儿正好经过树下，啪地把石子丢下去，女孩儿气得扬着头对他大喊时，他躲进树枝间，笑得手舞足蹈的，震动着树叶簌簌落下。”

“那个女孩儿一定气得够呛，上小学时就经常有男孩儿在路上对女孩儿丢石子，女孩儿生气着呢！”

“是的，她气得在树下跳脚。头上扎的羊角辫一颠一颠的，圆圆的脸鼓着，眼角吊着，鼻子跟嘴的翕动一致，穿着稍显短的红褂子，叉着腰大声喊‘下来’。而他像虫子似的趴在树干上，就不下去，还一口一口地往下吐口水。等眼见她走了，哧溜，哧溜，从树上下来。没想到她突然又转回来，拽过他的手咬了个月牙清晰可见。他追上去，‘咔嗤’一声咬在她的肩上。她尖叫着，左手勾成猫爪样挥向他的脸，瞬间，他脸上火辣辣的，四条红色的痕迹，如同虫子般趴在他右侧脸上。他一边捂脸，一边同时伸腿，一脚踢在女孩儿腿上。女孩儿脚下一滑，身子后仰，就在摔倒的瞬间，恰好被走过来的他的爸爸一把托住。刚站稳，女孩儿又像猫般跳起来，往前一扑，又是一挠。”

“哦呦，这女孩儿好厉害啊！”

“是很厉害，在村子里她是最厉害的女孩儿，五岁就能趴在锅台做菜糊糊，小小的身子几乎悬在锅沿。路过的村里人见了吓得一激灵，伸手抱她，但没抱动。她把脚绑在了坐着的小石墩上了。七岁洗衣服、做饭、拾柴、割草样样行，就是小嘴说出的话像柳叶刀似的又快又锋利。但是，她有个好听的名字，叫小燕子。经常的，她挎个土篮，学着村里的女人在眼皮上贴块纸，所以，村里人给她起了个绰号——小老太。她还会学唱蹦蹦戏《杨二嫂》，盘腿往地上一坐，双手拍着大腿，眼泪一对一双地流下来，唱道：‘小小孤雁啊！来到了罗罗盖啊！风吹啊！雨淋啊！无依无靠啊！’声音脆得吐出的每个字就像豆子在锅里发出的声响一般。村里的孩子玩儿娶媳妇，每次都为争她当媳妇吵起来，小燕子就说‘我自己来选’。村里的大人就打趣她，‘小媳妇选女婿’……”

“方田先生，您来了。”王先生在门口打着招呼。庞子说道：“方田先生正在讲小时候的事，很有意思的。”方田转过身，对着走过来的王先生躬身，然后解释或者说是纠正道：“是讲我朋友的小时候。”

庞子跟王先生对视一眼，跟着说道：“一定是方田先生很好的朋友，是吗？”

“是的，很要好，亲密无间。”

“感觉出来了，不过，听您说他小时候的事情，他好像是在中国生活，是吗？他是中国人吗？”

“不算纯正的中国人。”

“啊！我明白了。他也是被中国人收养的，是吗？”

“是的，被村里的族长——布六爷收养的。”

“那么，他叫什么名字？”

方田没有回答，庞子立即抱歉道：“还请您原谅冒昧，只是想或许会认识。”

“凤琴是归国遗孤协会的会长。”王先生洗了手走过来，说道，“刚回来时，遗孤们的状况不算好，因为日本国民对战争遗孤这群人持不同的态度。他们在政府提供的社区里，几乎被边缘在日本社会之外，找不到工作，靠救济金生活。当时凤琴才四十七岁，在中国又接受过教育，虽然很快掌握了日语，但找工作也是处处碰壁。由于当时执政政府对战争遗孤的日本身份认同上的模糊，好多言论说他们在精神上不是纯正日本人，而是受到‘赤色教育’的一群人，这让他们很气愤。当时他们这群人成立协会，一起到政府抗议静坐，要求生存权、教育权，以及平等权。时至今日，虽然事情已经过去了，但是协会还在，会员定期也会在一起聚餐。五年前，她还组织协会的十几位女士一起回中国拜祭养父母。”

“羊羔跪乳，慈乌反哺，难道人还不如动物吗？”庞子说，“1990年日本的哥哥通过侨联找到我时，我的养父正在病床上，说：‘回去吧！别恨自己的母亲，当时她那一定是不得已的选择。’”说到这，庞子的目光转向北方，惨惨一笑，说：“我一直后悔不该在那个时候离开，我走后两个月养父去世了。开始不觉得怎样，但是后来随着时间推移，越来越愧疚。在中国我从来没有觉得自己是个外人或者异族。反倒是回到日本后，遇到了太多异样目光，好像我是异类，而日本不是我的祖国。日本亲戚告诉我重新开始。可是，我的内心里无法咔嚓一下，重新开始。我不能左右我的心，我们谁都不能，不是吗？”她顿了一下，又接着说道，“当时的《朝日新闻》，对于战争遗孤引发的问题发表过一版报道，还有各种专访性文章，其中一篇文章写道，大概意思是战争遗孤的内心永远是矛盾的，在法律上是日本人，但在感情上又是中国人。而日本又是个集体主义意识很强的国家，不管血统上是不是一样，只要脱离了大集体，就不被认为是同类。所以说，这也是战争遗孤与日本政府之间产生所矛盾的根源。方田先生您说是这样吗？”

“或许是的。”他想了一下说道，“我的朋友叫布宇。”说出这个名字时，他有些不自在。

“哦，布宇，中国名字，那么日本名字呢？什么时候回来的？”

方田摇摇头。

“那么，是失去联系了？”

“是的，很久了。”

“为什么？”

“因为他做了一件事，很不好的事。”

“真是可惜。”庞子说，“你还没有原谅他，是吗？”

“我想是的。”

“喜欢记仇，这一点上中国人更大度。”庞子说，“如果中国人喜欢记仇的话，那么我们这些战争遗孤就不会活下来。”说到这，她笑了一下，“如果活不下来，可能那些当权者还会高兴呢！省得看见我们进门就皱着眉头说：‘噢！战争遗留问题又来了。’”

方田想笑一笑，但是脸上像是抹了糨糊，他说：“我该告辞了，你这里要来客人了。”

王先生看了看墙上的表说：“我得去准备了。”说完，微微低头，走进厨房。

“方田先生还没吃东西呢！”庞子说，“还是水饺，好吗？”

“不了，我的晚餐时间还早呢！”

门响了，帮忙的大学生进来，看见方田鞠躬问好。庞子送方田到门口，说：“抱歉，没有吃饭就走了。”

“没事的，时间还早。”他转身时，庞子又喊说：“方田先生，炖鱼，给您炖鱼呢！”

他笑了，转过身，躬身说道：“很感谢，心意领了。”

晚上，他睡得很不踏实，不断地翻身，头在枕头上滚着。他总感觉有呼吸声，有说话的声音，很低的，男人的声音，还有女人，以及孩子的吵闹声。他睁开眼睛时，声音又消失了，他在黑暗中转动眼珠，判断这声音是否来自街道，或是来自邻居。但不是的，一切都是安静的。他重新闭上眼睛，等待意识逐渐驶入一片模糊地带，这时，他觉得他睡着了，但好像又觉得自己清醒着。

“咚，咚，咚”锣响三声。村里的孩子晃着准备好的树枝出了家门。在石阶上遇见了，相互用身体挤着对方，或者用手里的树枝敲对方的头，跟在小孩子身后的，还有像绊脚石似的狗，在小孩子间追跑得欢快。等到六爷门前，小孩子和狗都安静了。六爷和布宇刚熬好墨汁。墨汁的原料是山里的药草，采集回来后，布宇架了火，等锅咕嘟咕嘟冒泡，用棍子搅出一种说不出来的奇异气味，有苦、香、还有臭的味道，才能算刚刚好。

身后传来小燕子的声音。布宇没转头，也不说话，他的脸上还挂着猫须般的挠痕。小燕子绕到前面，喊：“小哑巴，你没听见啊！”他不爱说话，村里的孩子叫他小哑巴。当然了，村里的每个孩子都有绰号，小燕子叫小老太，布小五叫哭吧精，布小山叫软皮蛋。小燕子歪着头看他，他撩起眼皮，眼前是小小的鼻尖，上面排列着一颗颗小巧的汗珠，那汗珠就像还带着热气扑到他的鼻子上，霍地，让他有了一种奇怪的感觉，像是痒，又像是喜的感觉。

天空还明亮，夕阳还在红线下面，炊烟在村子上空盘成馒头状，然后才慢慢地消失。啵啵，啵啵声，从一棵树像水波般弹过来，一群正彼此交谈的鸟儿被声音打断，忽地飞起来。接着，啵啵声变成了短促的、就像锤子钉在地上的嘭嘭声。再接着，一只黄色大狸猫蹲在树上，是小燕子的猫。小燕子跑过去喊大狸猫的名字，“秀才”。

每天这个时候，六爷教村里的孩子写字时，大狸猫就蹲在树上看。村里人给这猫也起了绰号，叫秀才猫。说这猫爱识字，上辈子一定是秀才，而且说不定还是六爷的老师呢！村人性格开朗，勤耕作，善习字，但习字却跟学堂有所不同，不是坐在桌子前在纸上习字，而是要先用树枝在地上练习运用腕力，然后蘸墨汁在板子上或者草上练习运笔，一撇一捺的点墨轻重，等上了纸，每个字不但刚劲有力，一点、一撇捺收放自如，而且不会浪费一张纸、一滴墨。村人继承的是祖先的隶书，要求丹田之气贯穿手臂而带动笔端。这个很难。

村里的小孩子不喜欢在板子上写，更不喜欢在草上写，自制的墨汁呈灰黑色，凝力差，在板子上或者草上一下笔就摊开了，而且灰黑遇见紫，瞬间变成蓝色，落在草上就是灰色，基本功不过硬，写出的字就像长脚的蜈蚣。小孩子们更喜欢用树枝，在地上写着，故意“啪嚓”折断了树枝，然后借着这个由头，爬树玩上一会儿。所以，“啪嚓，啪嚓”声音不间断地响起时，小孩子们就像小猴子似的爬上爬下。爬得最欢实是布宇，他讨厌写字，觉得笔画多得就像蜈蚣脚，他更喜欢上树掏鸟蛋，下江摸鱼，他十三岁，个子不高但是灵活，能爬到最高的树顶，也能下江抓到最肥的鱼。

手托烟杆，坐在石台上的六爷，像没看见似的，耐心地等长长烟杆底部升上雾线扭成弯弯绕时，抬起手，“咚”地锣响。小孩子们乖乖地下来，又开始了写字。

有一段时间，村里孩子除了写字，还在一起商量要爬上山顶，看太阳升起的地方。村里的孩子聚在一起商量时，布宇听见了，凑过去也要参加。村里的孩子不喜欢他，因为他喜欢咬人，村里小孩子的手臂上几乎都有他的咬痕。他还喜欢偷东西，在树上盘了个像鸟儿一样的窝，把偷来的东西放在窝里。有一次，他偷了菜窖里的桑葚酒。村人的祖先种植桑葚树，酿桑葚酒，桑葚酒酸甜可口，几口下肚，肚子里如同升起了一团温暖，接下来是一种从来没有过的感觉，嘴唇木木的，手麻麻的，头晕乎乎的，人就像飘起来似的。咕咚，咕咚，他一口接一口地喝，酒就变成了波浪，他就在波浪里翻转着，就如同五叔公讲的孙悟空，一个接一个地翻着跟头。后来，他被六爷从菜窖里薅上来，捏着嘴，灌进酸涩的液体，喝进去的桑葚酒又从嘴里喷吐了出来。

月光照在墙上，墙面上有一条又宽又长的光。他突然睁开眼睛，从床上起来，他的心噗噗地跳，就像做了什么错事般慌乱。他在房间里像梦游般转着。眼睛在黑暗里寻觅着，仿佛寻觅着还停留在大脑里的那个夕阳傍晚。写完字的小孩子像来时一样，相互挤着各自回家。六爷让布宇拉风匣，他在大锅边贴饼子，锅里炖着鱼。在灶台另一侧的架子上挂着草药，布宇像熟悉哪棵树有鸟蛋、哪条江岔子有鱼一样熟悉这些草药，他甚至不用看，闻一闻、尝一尝就知道什么药，几年生，治疗的疾病。

等夕阳带着暮色铺在村子上空时，聚集在六爷门口的换成了村里的男人。六爷让布宇把采集来的草药分类，布宇嘴叼着一株带甜味的草，把整理好的草药绑上。这些草药，六爷都让他尝过，告诉他说要记住这些草药的味道。开始他觉得都是苦的，慢慢地就品出苦与苦之间的甜或酸了。有时，小燕子会来帮他，一张嘴像小鸟儿似的，不停地叽叽喳喳。他觉得很好听，心里希望永远能听见这声音。

“嘭嘭，嘭嘭”六爷磕烟锅的声音。

“六爷，那块地被日本人轰炸过，炸弹落下没有火，而是冒着蓝烟，顺着风向往西北卷。据说蓝烟经过的西面三个村，不到一日就闹了瘟疫，人死的时候就像风干的茄子了。而那块地方圆几里的树死的死，枯的枯，不但寸草不生，而且像镀了一层膜似的，黑灰黑灰的。六爷，那块地废了，不行的。”

“是，六爷，那上面的土质完了。”

“不是炸弹，是化学实验，没别的办法。”

“靠山养山，祖宗留下的规矩。”六爷说。

“是祖先的规矩不假，早年间，太爷领着在石崖嘴下的深谷里种人参、大黄，还有穿山龙，这一算也有几十年了吧！

太爷说人参十五年才能见，可还没等出，炮弹把石崖嘴都炸平了！”

他有些头痛了，脑袋里闹哄哄的，太乱了。他觉得如果这样下去，那些人，那些话语，那些声音，会把他的脑袋炸开。他走出门，站在院子里，看着桑葚树，黑暗里那些珍珠般的亮光映照在树上。他觉得自己脑袋里开了扇门，他一动不动地望着树折射的光线，就如同跟一个人对视般专注。而大脑里的影像也一点点凝聚，最后变成一个点，如同汗珠般圆圆的点，这个点辐射蔓延在味觉、嗅觉、听觉，或一切感觉器官，甚至是每个毛孔的一呼一吸里。现在他明白了，时间在表面流动，在内在却是永恒的，一切依然存在，只不过是定格，但从来没有消失。他突然明白为什么看见公园的老人对着空气喃喃说话了。也突然憎恨布宇了，憎恨是布宇让他远离了又无法远离那些定格的时间。

第十章

“我从来不觉得水里煮出来的饺子好吃。”一夫说道，“或许还不健康呢。”

“但是，他却不可自拔地迷上了，是这样吗？”雄边医生说道，“或许老板娘是位优雅的女士。”

“什么？”小野露出与他满头白发不符的顽皮笑容，说道，“哦，这样可太妙了，女士们是这个世界的色彩，没有色彩的生活，多么的乏味。”又说：“社长做任何事都让人觉得振奋！”

“组长，您说些什么？”一夫黑着脸，烦躁地说，“真不知道爸爸在想些什么！为什么让人担心呢？”

“有什么担心的？”雄边医生说，“我倒觉得社长可以再婚的。一个人很寂寞的。”

小剧场的露天茶座上，弥漫着一股木屑和松油的味道。天空的云仿佛沾染了路面的汽车尾气，显得灰蒙蒙的。地上铺着直通楼下的彩色地毯，下面正在排练，时高时低的听上去装腔作势的对话传上来。这是个老建筑，灰墙就像一张阴郁的脸。

一夫正看着这张阴郁的脸，说道："我从二十岁起，就代替爸爸处理一切会社对外事务，奔走在各种行政、金融，以及团体的各部门……"

"哎哟，我难道不是从二十岁开始就替社长管人事、销售、生产、设备等等，还要代替他参加他不愿意参加的各种活动，替他接待他不愿见的访客，替他跟各种代理商打交道，还有……"

"噢噢，我也是从二十岁开始就被方田社长取笑。"雄边医生说，"我还记得方田社长第一次到小剧场来，那天有些热，他说：'我把钱捐给你这个混蛋，还不如捐给卖凉茶的。'"说到这，雄边医生呵呵笑了，又说道，"我们在干吗？抱怨吗？"

"什么？抱怨什么？"一夫说，"就是不明白，为什么宁可不参加商会活动，不去俱乐部，却偏偏去那个地方呢？而且老板是中国人，老板娘出生以及成长都在中国，是中国籍的日本人。"一夫说："而且她参加过示威游行。"

"什么游行？"小野说，"我也参加过游行的，那年经济大萧条，执政党……”

“什么呀！组长，您说的是哪一年的事情，泡沫经济时期，我们都参加了游行。”一夫有些不耐烦，拖长语气，“那位女士受到‘赤色教育’，有很多赤色言论，说侵略战争制造了灾难，使他们成为被遗弃的孩子，而且作为战争的受害者满怀希望回到祖国，但受到不公平待遇，要求日本政府公平对待。”

“按理说这个要求不算过分，是战争制造了灾难，难道不是吗？”雄边医生说。

“战争是操蛋的。”小野说道，“社长就是这样说的。”

“组长，我不是说战争，而是说言论，那位女士的言论。我和山隽所受到的教育是我们是为了帮助中国人，不是吗？只不过，方式或许有些欠妥，但目的是好的，不是吗？”一夫说，“山隽，我们一上学不就宣誓要忠诚国家吗？”

“这个是的，但是这个跟……”雄边医生还没有说完，就被一夫打断了，“好了，不要说你的和平理论了，烦死了。”接着又说，“你这个蠢货为什么把我们弄到这个乌烟瘴气的地方，到处都是油味。”说着，站起来走了。

小野和雄边医生相互看看，一起说道：“这是怎么了？难道，我们得罪他了吗？”

草地泛着油绿的光，就像刚刚被雨水清洗了一般。在石英街的房子里，管家正给一夫倒茶，说社长只是受了点风寒，休息一下就好了。这有点让一夫愧疚，觉得躺着的爸爸很可怜，就像个小动物似的缩成一团。“真的没问题吗？”他问道，“不需要去医院？”

“不需要的，睡一觉就好了。”管家说，“少爷在家吃饭？”

“不了，还有事情，这就要走了。”

一夫站起来，走到里面卧室门口，从门缝往里面看，见父亲翻了个身，他慢慢退回来。

刚一出门，听见“哗”地门响，一夫马上转身，鞠躬说道：“爸爸，您还好吧！”

“没事的，就是想偷懒了。怎么要走？”

“不是的。”说着，一夫回来重新盘腿坐下。脸上挂着惯常的平和，以及谦卑。

方田坐下，喝了一口茶，问道：“关于创建器械厂的事，进行得怎么样了？”

“哦。”一夫一愣，他没想到爸爸会开口问这件事，“依照目前的小型家庭医疗器械市场来看，从血压计到煎药机，都在往更小型发展，血压计可以像手表一样戴在手腕上，那么小型煎药机也可以放在包里，而且用起来很简单，即使在办公室也可以用，就等同煮一杯茶，密封效果极好，绝不会有任何味道……”

“那么，既然是草药，那么粉碎功能是必要的，怎么小到放进包里，还有一次的剂量怎么包装，那么是不是要背一大包草药出门，如果反倒增加了麻烦，只能在家里用，是不是没有意义呢？”方田提出了担忧，“当然了，研发方面一夫是专家，我只是说一说我的考虑。”

“是的，爸爸，您说的问题研发小组也做了细致研究，改良我们的剂量包，我是指像茶袋一样，三天量，这样解决了您说的问题。”

“那么，这个煎药机只能用于配套的，也就是说我们的指定药品，是吗？这样等同于强制消费，不是吗？”

“不是的，这款煎药机是赠送的，主要针对游客。”

“赠送？原来如此。自从三木到策划部，我最常听见的词，就是赠送。他好像很喜欢这样，免费，赠送。这样会不会被行业投诉不良竞争呢！”

“不会的，法务部已经研究而且也沟通过了，爸爸放心，不会再出十年前的问题。”

一夫跟洋子很像，心软又顺从。方田还记得，一夫小时候给流浪小猫小狗喂食，喂水。有一次，还从仓库扛木箱，给猫狗搭躲雨木窝。门卫是个老兵，在战场上伤了腿，本来走路不方便，帮着扛木箱，一瘸一瘸地摔倒了。当时，方田见了，上去把木箱踹了个稀巴烂，说不许再这样。想到这，看着一夫不再年轻的面孔，问道：“血压还好吗？”

“还好的。”一夫心里纳闷，实在不知道他这东一句西一句到底是怎么了。

外面传来类似喧闹的声音。片刻，喧闹出现在门口，一身运动装的小野站在门口鞠躬：“社长，还好吧？噢，一夫也在啊！”他的语气还带着跟管家说笑的欢快。

“很高兴吗？”方田说，“怎么笑得像个白痴似的。”

呛着说话的方式，对于呛人的人，还是被呛的人来说都是一种尴尬。但是，如果呛着说话变成了一种乐趣，彼此相互享受，这才是呛的最高境界。他和小野就是这样的境界，完全融合进这种属于他们之间的语境，而且享受其中。就如小野说，如果社长有一天不这样说话了，才让人担心呢！

“干吗这样说话。”小野进来坐下，阳光在他身后洒下光圈，那些光圈正在裂变，从一处变成两处，然后四处，最后布满了。

“我们去俱乐部吧！您需要泡汤驱寒。”小野说，“很好的环境，每年交那么多钱，一次不去太可惜了。社长，很享受的。”说着扬着脸看方田。

“不去。”方田说，“我为什么要去？就因为花了钱，我就要委屈自己去那种地方，跟那些人赔笑脸。哦哟，你是什么脑袋想出这样的蠢办法。”

“说话真是难听。”小野说道，“我倒是觉得怎么也比小巷子的小饺子馆好，最起码都是纯正的日本人。您或许不知道，那位老板娘是中国籍的日本人，而且她的丈夫是中国人。”

方田好像没听见般地盯着水杯里水面的波纹，然后突然问道：“怎么了？”

“社长，您可以跟我去武馆，或者联谊会的，那里面有很多优雅的女士……”

方田拿起杯，喝了一口，又放下，说道：“够了，我是个可怜老头是吗？要像个可怜虫似的需要人可怜，是吗？”他语气明显不满，“还有，不要再说什么不是纯正日本人，‘赤色教育’。撤离的时候庞子女士才两岁，她被丢在中国养父的豆腐坊门口。养父听见哭声，出去时看见她母亲的背影，和频频回头的哥哥，追了过去。她的母亲满脸泪水地鞠躬请求养父收下她。她养父家当时已经有六个孩子，但最后还是把她养大了。你的意思是庞子女士养父应该因为她不是纯正中国人而拒绝抚养他，然后看着她死掉，是吗？”

小野目瞪口呆地看着方田，眼神好像在说：“那位庞子女士的中国水饺里到底有什么？”

一夫看着父亲方田，脸色就像浸在红色水里的纸，正一点点染上红，说道：“爸爸，还请您考虑一下，我们是关心爸爸。”

方田觉得不自在，抬起头，看着一夫说：“我会考虑的。”说完，看着杯子，杯子里的水已经冷了。他想起，1972年，一夫八岁时工厂受到台风袭击，南侧仓库塌了一侧，他和小野带着人抢修，洋子带着一夫来送饭。一夫跑了过来，他大声呵斥让他离开。事后，洋子说：“一夫是想帮你。”

可实际上，一夫和小野多虑了。庞子和丈夫王先生正准备回中国，下个月的24号是庞子的小哥七十五周岁生日。按照王先生的意思是不回去的，因为在年初时，庞子查出高血压，虽然服药调治，但时常忽高忽低，而且经常性头晕得天旋地转。不过，庞子却坚持要回去，但又因为丈夫的理由得到了孩子们的支持，而没办法反驳，就说了让王先生有些哭笑不得，撒娇般的胡搅蛮缠的话：“哟哟，我回趟娘家的权利都没有了，是吗？”

“说什么呀！”说这话时，王先生上翘的眼角看起来像是喜，耷拉的嘴角看上去却像是悲。当悲喜交加的神情呈现在一张皱纹横生的圆脸上时，不管这张脸做出怎样的严肃表情，都无济于事了，他说道：“难道中国不是我的娘家吗？不是担心你的身体么，好孬不知。”

“我身体怎么了？哟哟，还担心我的身体？中国还是你的娘家？哟哟，嘴上说得好听，实际是自私自利。”说着，故意用眼睛剜着王先生，又噘嘴又撇嘴地，一连说了好几个“喊”！

“我怎么自私自利了？”王先生脸红了，嚷嚷道，“瞧瞧，你这样子跟地主婆一样，蛮横不讲道理了。”

“地主婆？咋地？你还想扣大帽子啊！”庞子说道，“我告诉你王占生，我可是根红苗正的……”

“小业主。”没等说完，王先生就揭短般地接茬说道。

“啪”地，庞子把手拍在丈夫的肩上，“扑哧”一声乐了，然后对着丈夫的脸说道：“老头子，想家了。”

听了这话，王先生重重地呼了口气。在日本二十几年了，没有一刻他不想家的。当初如果妻子在日本过得好，那么，他有可能就回国了，当时的情况那样糟糕，他们是患难夫妻。

王先生看着妻子，说道：“好吧！那么，是不是跟孩子们商量一下？”

“当然。”庞子说，“不过，孩子们不会反对的，当然了，反对也没什么用。”庞子又耍起了小女孩儿般的任性。

“还说我自私自利，你就是独断专行的老太婆！”王先生眯着眼睛笑着说。

“独断专行怎么了？”她也满脸顽皮笑容地说，“后悔了？晚了。”说完笑得像个开心的小女孩儿。

“那么，给孩子们打电话吧！”王先生说着，然后想了一下，又说，“那么，要不要告诉方田先生呢？”

“方田先生有几天没来了，我一直琢磨是不是该打个电话呢。上次他来那天检查的身体，是不是有什么问题呢？”庞子看着墙上的石英钟，说道，“上次方田先生聊起他的朋友小时候的事，好像有些伤感似的。”

“那么，打不打电话呢？”

庞子戴上眼镜，翻开电话本，说道：“还是应该告别的。”说着，手指在纸上从上到下，一行行地滑过，然后在一个位置上停住，嘴里叨念着，拨了电话。

七月正是雨季，方田走在雨水洗刷后的街上，闻到空气中散发着混合着城市喧杂气息的草木味道。这气味让他想起青草混合泥土的味道。前面路旁有一排树，树下是地毯式的草坪，树上的“啾啾”声让他停下脚步，仔细听着。“嗡嗡嗡”蜂哼，“嘶嘶嘶”虫鸣，还有蘑菇冒出头的“噗噗”声，他甚至听见树的根须在地下彼此相连发出的轰鸣声。站在这里，在这川流不息的街道，他听到树根正彼此传递着遥远的信息。他感觉到内心中的另一个自己正跟这个信息对话，彼此询问着。

小饺子馆里正忙，王先生探出了头，手里端着盘子，问道：“方田先生还没来？”庞子摇摇头。王先生端着盘子又回到厨房。

厨房里传来“咕咕嘟嘟”的炖菜声音，接着是“刺啦”的爆锅声，随后一股葱花香气飘出来，方田从门口跨进来就闻到了葱花浓重的味道，他深吸了一下鼻子，说道："真香啊！"

庞子转过身，走过来，一边躬身一边说："您来了。"这句说完，转头对着厨房喊："方田先生来了。"门帘掀开了，王先生额头的汗浸湿了白色帽子的边缘，堆着憨厚又略带歉意的笑，"万事俱备，只等您来了。"说着，转头喊："小爱，方田先生来了，开始上菜。"

片刻，门帘掀开了，露出小爱的脸，微笑着向他躬身，"方田先生好。"她说，"这次我打的下手，是王叔的厨艺。"说着把手里的盘子放在桌子上。

王先生说道："黄瓜钱炒瘦肉。"

方田笑了，是发自内心的笑，就像个馋嘴的孩子，夹起一片碧绿的圆圆的黄瓜钱，放进嘴里嚼，黄瓜钱筋道又清香，说道："哦，真的好吃哟！"

"鱼来了。"小爱端来鱼，放在桌子中间，"王叔的地质队员的野外清炖。"

"没有把蒿，在野外随处都有野苏子的，随便撸一把放进锅里，那味道鲜美极了。"王先生说。

"如果抓来的鱼直接用江水炖更美味的。"方田说。

"是的，是的。方田先生还是行家啊！"

方田笑了起来，说道："是吃鱼行家，还是抓鱼行家呢！"他有些得意，喝了一口鱼汤，赞叹道："地质队员好手艺。”

回荡在空气中的笑声，仿佛是小精灵欢乐的舞蹈。

“方田先生，我们可能要离开一段时间了。”庞子说，“我们要回中国。”

“是这样的，凤琴的小哥下周是七十五岁生日。”王先生补充说道，“凤琴想回去给小哥过生日，然后再住一段时间。”

“哦，这样，什么时候走？”方田问道。

“下周三的飞机。”说到这，王先生停了一下，“还有点不舍得方田先生呢！”

“呵呵呵，”方田笑着说道，“也舍不得王先生呢！”

“哦哦，真是肉麻哟！”庞子在一旁笑着说，“一身鸡皮疙瘩啊！”

电话响了，小爱接了电话，然后请庞子接电话。等庞子接电话时，她走过来，躬身说道：“我会继续经营这里，还请方田先生要常来啊！”

“是这样，我和凤琴把店交给小爱了。”王先生说。

“怎么？是不准备回来了？”

“有这个想法。当初回日本时，凤琴生母重病，在病床前她照顾了十三个月直至去世。十年前她的亲哥哥病重，她又照顾了三个月。在日本她最亲的两个人都走了，所以她想待在中国亲人的身边。而我父母早亡，一直把她的亲人当成自己亲人。”

这时，庞子带着喜盈盈的笑走过来，说是小哥来的电话。

“哦，这样，怪不得很是高兴呢！”方田说，“身体还健康吧！我是说中国的哥哥。”

“还好的，谢谢方田先生。”庞子坐下来，说道，“还要感谢方田先生，若不是跟您聊起以前的事，可能不会这样迫不及待想回去，刚刚小哥在电话里说，很是想我，但又怕这么远身体承受不了，所以一直不敢说让我回去的话。一听我要回去给他过生日，小哥在电话里高兴得哭了。人老了，眼泪窝浅了，小哥从来都是那种打掉牙往肚子里咽的人，想想真不该这么多年都没回去。”说到这，庞子转过脸，问丈夫：“上次我们是什么时候回去的？”

“五年前嘛！”说完，王先生往前一步，“组织拜祭养父母回来后不到半年，小哥住院，医生说病危。侄子打电话说请你回去见最后一面，说爸爸念叨姑姑的名字，说想见最后一面。你听完电话就急哭了，还跑到街道给小哥买了很多药呢！”

“怎么不记得，当时很匆忙，侄子说是心脏的问题，就买了一堆药。后来咱们回来还给小哥邮了呢！”

“对了，这次你没问问小哥，还用不用带药了，就是那个归元膏。”说着，王先生转身走到吧台前，拉开抽屉，拿出一个黄色中间是绿色的药瓶，转过来说道，“方田先生，方田制药出产的归元膏，效果很好哟!小哥就是服了这药才又好起来的。很是感谢呢！”

方田笑了。接过来看了看，三木设计的最新的外包装。当时，拿给他时，不是这两种颜色，而是黄色、绿色、红色、蓝色、紫色，相互交错就像远征线路图。而他只选了黄色和绿色。黄色是阳光，绿色是生命，方田这样说的。三木瘪瘪嘴，点点头，说了句“有道理”。不过，药瓶还是最初他设计的葫芦形状药瓶，当时冈本先生还说，这个就像小酒壶，很符合老兵的特点。

“那么，现在还服用吗？”方田缓了缓神，说道，“我是说小哥现在还服吗？”

“还在服药，不过不是这药了。这个药当时给小哥邮了几瓶，后来小哥不让邮了，说国内也有一种药，跟这个药效果差不多，唯一不同就是不如这个药吃起来方便，那个是大丸药。是本地药厂的药，虽然规模不大，但也是快三十年的老药厂了，最主要的是比归元膏便宜很多。”说到这，转向丈夫，“老王，那个药叫什么？就是小哥服的药，当时小哥说的时候，你还说跟归元膏的名字有点像。”她说，“一下子就想不起来了。”

“那个药呀？治心脏的。”王先生想一下，“好像叫二十四味什么，噢，对了，叫二十四味归元散。”

方田感觉自己被推了一下似的，身体一晃，忽悠一下，血冲升上来，接着眼前出现了无数黑星星。他低下头，闭上眼睛，听见胸腔里“嗵嗵嗵嗵”，这声音挤压着他，就像被死死勒住般，呼吸困难了。

腾地，他站起来，撞到了桌子上，那只好看的瓷碗猛地跳了一下。

“怎么了？方田先生。”庞子问。

“哦，没什么，只是想起还有点儿事，不好意思，告辞了。”说着，他急匆匆地走向门口。

他只想快点儿走，离开这个地方。他不看街道，只盯着脚下的路，路带着他的脚步走过桥，走过坡路，最后在一片树林的草地前，他停下脚步。他仰头看着树梢，树梢上有一簇冬青像个球一般寄生在树枝上。

离开村子的那个早上，天刚蒙蒙亮，布宇就爬上了小燕子家对面的树上，看着小燕子家北房的窗户。昨天他看见小燕子从公社回来了，小燕子是二十一岁的大姑娘，大辫子如同粗粗绳子般垂在腰际，每走一步大辫子就晃动一下，步伐让蓝色裤子里显露出了结实圆满，她的脸颊宛如成熟的小麦，在落日余晖里饱满而散发着光泽。布宇站在台阶上看着，感觉自己的心被捏住了。自从恶作剧的年龄结束，步入青春期后，他陷入一种说不清的思念境地。每个毛孔、每个细胞都是小燕子的声音、身影，但是，真正面对了，他却说不出一句话，甚至没有一个笑脸，看上去冷冷的，甚至像是不友好。看着小燕子目不斜视、步伐均匀轻盈地走过小路，他的心就像被一条绳子牵走了。

整晚，他睡不着，只想跟小燕子说一句话，哪怕就一句。在树上，他感觉自己在发抖，身体一边是热的，一边是冷的。一想到小燕子推开门的情景，他就口干舌燥，喘不过气，颤抖得好像身体支离破碎了一般。

天空露出灰白，镶嵌着红红的边。听见村子里有了声音，他垂头丧气了，从树上像猫一般麻利地跳下，三级跳般跳了几步，身影隐没在树后。他还有件事情要做，是个交易。进了家门，六爷不在炕上，正在后面的院子里摘豆角。他直奔墙前，打开那破旧的樟木箱子，里面圆鼓的豆子袋，扎手的药草袋，软软的面袋，还有那个木匣。是六爷背他回来那天，在树下挖出来的木匣。他轻轻摸索到那个钮，以前小时候他曾无数次偷偷打开它，一直纳闷，里面发黄的中间系着细细红线的卷得像一张煎饼的纸为什么这么宝贝，要装在这个雕刻花纹镶着绿松石的木匣里。他拿起它，把它放在胸口，然后把木匣放回去。

那天早上，那卷纸一直贴在布宇的胸口，那卷纸里的每个字都击打着他的胸口，“咚咚咚，咚咚咚”的声音震得他头晕。布宇不耐烦六爷嘱咐他那么多话，又送他那么远，他一言不发，心里巴望快点离开，快点离开。

布宇偷了二十四味归元散。不管找多少理由为自己开脱，他还是不能原谅布宇的行为，所以，他跟布宇决裂后，决定从此做个诚实的人。

第十一章

昨晚下了雨，起来时感觉屋里湿湿的。按了遥控器，素雅的淡蓝色窗帘缓缓拉开，六点钟窗外还是暗暗的。又按开了床前小灯，一夫喜欢一切都是声控的，但方田觉得还是动手的感觉好。

显然，一切还在沉睡中，还没有管家起来的声音。不过，在厨娘进门前十分钟，他一定会起来的。因为房子的局限，厨娘在街对面的公寓住，每天差十分七点过来工作。现在，他走到茶桌前，盘腿坐下，按了烧水。汩汩的上水声，让他有些恍惚。他侧着头望着院子，桑葚树在灰暗的天色里似乎有些忧郁。越过树梢，他看见天空上的灰色云朵，想象正躲在云朵后面，准备伺机而动的雨。

“咕嘟咕嘟”的声音响起来，壶身闪烁的红光变成绿光。他拿起壶，想了一下，又放下，站起来，拉开内室的拉门。这是个小小的像客厅的房间，一侧墙是柜子，对面是窗户。这里曾是洋子的小天地。洋子很喜欢独自在这里，靠在窗前的软垫上织毛线，看书，还有化妆打扮。他环视墙壁的柜子，想着那套茶具可能在哪个柜门里。

他没有猜中，于是，哗啦哗啦的翻柜子声惊动了管家。走廊里传来急促的，又因匆忙起来而还没有完全苏醒的拖拉脚步。脚步声停在门口，传来声音问："您起来了，可以进来吗？"

"哦，进来。"方田说，"我记得三木去年到中国沙地越野时买了一套茶具送给我，当时我嫌太精致漂亮了，就放起来了，可是实在想不起来放哪里了。"

"是那套蓝色壶身，雕刻着牡丹的，是吗？"

"是的。"

"社长，不在这里的，是放在餐室的柜子里了。"管家说，"您稍等，我这就去取。"

管家的脚步又回到了走廊。

这是一套紫砂茶具，娇俏小嘴，圆钮倒把，线条柔和流畅，丰润典雅，宛如亭亭玉立的佳人。蓝色壶身上彩绘牡丹花开的图纹，更加映衬出华贵雍容的气息。他握了握手柄，弧度正好，小嘴和壶身形成和谐的线条，配套的是四个杯子，杯身的牡丹花看起来更是精巧可爱。

他慢慢地倒水。茶杯六十五毫升，不算是最佳的容量，最佳的杯子容量应该是一百一十毫升。这样的杯子可以五分钟左右水温降到五十度以下时，恰好喝完杯子里的茶水。而六十五毫升的杯子，两分钟水温就会降到五十度以下，所以，平时他喝茶，不怎么喜欢用六十五毫升的杯子。

娇俏的小嘴流出线一般的水，他欣赏着这细直的水流在进入杯底时，溅出如同花朵盛开般的水花，之后水旋起圈逐渐上升，一点点，一点点，离杯口越来越近了。倏地，他收住了。但是，壶还悬在杯子上面，一动不动，他觉得手腕有一点儿酸了，手也有一点儿抖了。他屏住呼吸，嘴唇紧紧地抿着，壶再一次开始缓慢倾斜，水几乎是一滴，一滴，滴进了杯子里，眼看就要溢出来时，他收壶。而最后一滴水，在他收的瞬间，不偏不倚地落在杯子里，杯子里的水一下子就溢了出来，慢慢地，顺着杯身流下来，在棕色茶盘里摊开来。他有些失望，放下壶，若有所思。

过了一会儿，他又拿起壶，缓缓地倒第二杯。跟之前一样，在最后一滴时水流了出来。接着倒第三杯，依然。他放下壶，声音较之刚才重了，落在茶案上发出一丝沉闷的声响。

现在只剩最后一个杯子了，他看着这杯子的样子，就像在进行一番交谈一般。外面传来门响，接着又传来了厨娘跟管家很小声地问好。他深吸了一口气，拿起壶，没有倒第一杯时的小心翼翼，没有倒第二杯、第三杯时的心浮气躁，这次他完全放松了，壶嘴自然倾斜，看着水缓缓流进杯子里，马上要溢出来时，收了壶，最后一滴水落进杯子里。惊奇的是，水没有溢出来。而是在杯面形成微微的弧度，这弧形颤动着，颤动着，就如同水精灵的舞蹈。巨大的惊喜让他眼睛一下子亮了，他很大声地笑起来，但是马上又闭上嘴，看着水精灵，低下头，噘起嘴，哧溜一声，水精灵就被吸进了嘴里了。这一刻，他觉得自己原谅了布宇。

方田几乎带着一路愉快的笑脸走进办公室。并且好像还没有走够似的，在屋子里又走了一圈，然后在地图前停了一会儿，移过一把木椅，又拿了白毛巾，之后很灵巧地踏上椅子，擦拭着镶地图的木框，以及玻璃。这地图从1965年到现在大约五十年了，玻璃镜面依然很明亮，木框依然紧密结实，但在右上角划出了一道深痕，下面的两个圆角有点儿掉色。他哈了口气，又哈了口气，正要把玻璃上隐隐的红点擦掉时，突然想起什么，停了手，放弃了擦拭，又从椅子上下来，径直到办公桌，拉开最里面的抽屉，找到调查员经纪人的电话，拨过去，告诉对方他需要一个调查员。

大概过了不到十分钟，传真机响了。他伸手接过来，戴上眼镜，仔细地看了一会儿，留下其中一张又传回去，剩下的直接放进碎纸机里。

砰砰的敲门声，吓了他一跳。还没等他说进，门就开了，敢这样进他办公室的，只有小野。小野眨巴着眼睛，夸张地张着嘴，“哦呦！社长，您干吗了？”小野看见椅子和白毛巾惊讶地说道，“为什么让您来干这些？”

“大惊小怪什么？”方田松了口气，说，“瞧瞧你的样子，还真是讨厌，就好像我老得就该坐在阳台上晒太阳了，什么也不能做了是吗？”

“哦呦！社长，您真是强词夺理啊！”

“有什么事吗？”方田问道，“如果没事就请回，我还有事情要处理。”

“您这是下逐客令，是吗？”小野撇撇嘴，但是并没有要走的意思，接着说道，“社长，还在生气？哎哟，您可快赶上爱耍脾气的小女生了。”

“越来越不像话了。”方田嫌弃地说，“还小女生，真是的，听起来好恶心。”

小野笑起来，笑声就像躲在角落里的兔子，一下子满屋子窜蹦了起来，方田感觉办公室里一下子就被灌得满满的。

在整个方田大厦，能像小野这样，让他觉得屋子满满的感觉，还有一个人，就是三木。只要三木那张略显顽皮，但是还算英俊的脸出现在门口，整个屋子就像有了无数人，三木会在地上来回地晃，有时晃得他头晕，他也会说一样的话。三木也会跟他撒娇般地贫一会儿嘴，就像小野似的，他还觉得挺有趣的。

不过，现在他没有了兴致，反而觉得很烦。他转头看了看传真机，上面绿灯已经灭了。

“我从头到尾看完了三木的策划书，关于市场环境分析、人为因素的分析，以及发展方向都很明确。”小野坐在桌子对面说，“我就是想问一下您的意见。”

“哦，是的，还不错。”方田有些心不在焉。

“那么，社长您是赞成的了？”

“怎么这样啰唆？”方田彻底地不耐烦了。

恰在这时，在方田想再次发脾气时，电话轻快地响了。他扫了一眼，在电话面板上按了私密，然后对小野挥了一下手。他冷冷的神情让小野明白必须立即离开。小野关上门时，方田拿起电话瞄了一眼门口，才开口。小野站在门口，疑惑发生了什么事，助理走过来，躬身。小野问：“哪里来的电话？”助理看了一眼面板，说：“是社长的私人电话，这里不会显示的。”小野就像一只被抛弃的猫，蹑手蹑脚又忧伤地走在走廊里，他的神情让看见的人吃惊，快乐的小野不快乐，比冷冷的社长突然热情了更让人担心。

方田放下电话时，又想起了布宇，觉得不该责怪他这么多年。擦拭一新的玻璃镜框里，地图红蓝的线条清晰得像交错的细线蚯蚓，他寻找着那个没有被擦拭掉的红点，但是那红点如同消失般没有了任何痕迹。这时，窗户上透进来的阳光铺了半个房间，他喜欢这一半亮，一半暗，暗和亮一样清晰的感觉，喜欢在暗里观察着明亮，就像一个人在暗处偷看喜欢的姑娘。

通话的人叫高岛长谷，是他在刚才发过来的调查员传真资料中选定的商业调查员。方田要求在半个月内，调查出中国生产二十四味归元散的药厂详细资料。电话里，高岛长谷明显地迟疑了一会儿，他不客气地问："有问题？"

"不，没有问题。那么资料送到哪里呢？"

"完成后，打这个电话，我会告诉你送到哪里的。"

"好的，请您放心。"撂下电话，高岛长谷愣愣地盯着电话，有一种莫名其妙的感觉，一定是哪里出了错，高岛长谷这样想。

站起来，可以说高岛长谷是一位长腿先生。一米七八的身高，身形极其标准，而且生命体最能散发魅力的地方——四肢肌肉看上去坚实又有弹性，这样的肌肉会像皮球一样，具有极强的爆发力。去年的越野友谊赛后，高岛长谷被邀请进入业余极限俱乐部中条件最好的俱乐部——125号的三木俱乐部。高岛长谷一直觉得三木是个自大的家伙，到俱乐部的第一天，三木像个刻薄的监工坐在椅子上，晃着两条相对高岛来说的短腿，态度很是轻慢地扫视着俱乐部里的人，旁边是俱乐部的经理人，正脸对着三木的侧脸说话。

“觉得怎么样？”经理人说，“高岛长谷，是不是看上去很不错！”

“身高是不是高了？还有腿是不是过于长了？”三木说，“比例是不是失调？”

“标准的五比八，二分之一胸围，大腿小腿堪称完美。”经理人说道，“而且瞬间爆发力极强，服兵役时技能大赛得过奖章。他曾就读于商学院，主修商业信息管理，以及社会学信息与应用，毕业后受聘于一家大型的商业调查机构。三年前因为时间的问题辞去了工作，现在是自由职业者。”

“这么说是做不可告人的事？”

“哦，三木君，不要这样说，私人调查员不能说成不可告人吧！”经理人说，“而且我做过调查的，可以保证他做的事都是在法律层面允许的，在筛选队员资质方面还是请您放心的。”说到这，顿了一下，“不过，有一点他跟别人不一样的，这个我没有告诉您。”

“什么不一样？”

“也不算什么，只是他有四分之一的中国血统，大家背后开玩笑，叫他四分之一。”经理人说道，“俱乐部没有血统的规定，是吗？”

“怎么会规定血统？很可笑吧！”三木说道。

“不过，也不知道是不是因为这四分之一血统的关系，他的体能测试是俱乐部里最好的，医生说他的小腿骨长而强壮，非常适合长跑，大小腿肌肉发达非常适合耐力赛，最主要的是，医生说他的大脑和眼睛配合极其完美，目光和大脑几乎可以做出同步的反应，而且肺活量也很大，肺泡转化气体交换的功能很强。”

“这么说，他至少可以给俱乐部增加一面旗帜了，是吗？”三木问道。

“我想不止一面。”经理人笑了笑，走到训练区域，喊道，“长谷君，三木君想请你喝一杯。”高岛长谷望过去，见三木站起来，对他微笑着歪了歪头，又顽皮地眨眨眼睛。而他们的友谊，高岛长谷觉得就是从三木顽皮眨眼睛那一刻开始的。

一个月前，高岛长谷接受三木的聘请，作为中国市场的调查员对中国进行市场环境、投资政策、消费基数、商业主流运行模式、同行业竞争比例、同类药物比例，以及地域优势，还有生态环境等三十二个项目的调查。如果把每个调查员比喻成一个环，那么，这个环自然会扣在那个环上，而那个环又扣在另一个环上，依此类推，就组成了一条链子，环环相扣的信息链。简单点说，像高岛长谷这样的调查员有固定的信息员，几乎遍布各个国家，而这些信息员又是调查员，也有自己的固定信息员，所以相对的，高岛长谷也是别人的信息员。

而就在一周前，他刚刚完成了关于中国市场的详细调查报告。调查报告的重点部分，就是在同行业同类药物调查中，发现了中国一家小型的制药企业，生产名为二十四味归元散的中成药，除了剂量和制备方法跟方田制药的归元膏有所不同以外，在药物配方成分，以及商标的图案上跟方田制药的归元膏几乎一致。这个小药厂位于中国东北嫩江流域的满族自治县与邻县交界处，依山面水，山称秀山，水称松水，位于山下的村子称秀山村，药厂在村子里，称为秀山制药厂。1985年建厂时隶属村集体，20世纪80年代到90年代末，制药厂一直由村委会管理，效益良好。进入新千年后，因为技术人员、设备，还有工艺都没进行更新，药厂制药过程还以手工方式为主，晾晒、挑选、熬制完全靠人力，过滤机、制丸机还是90年代的半自动产品，蜜制药丸的外包装蜡丸，纸盒也很粗简。2005年，村集体将制药厂承包给一个叫布东辉的本村村民后，药厂新增了制药机、烘干机，建立了真空车间，过滤系统增加了R37，制备方法浓缩水丸申请了专利。外包装进行了重新设计，颜色由以前的灰褐色变成明亮的黄色，图案是蜂巢，中间有一道红色彩带设计。布东辉是汉族，据记载，祖先是明朝的皇族，清兵入关后逃至秀山脚下，并就此定居，改姓布，第一代族长名为布衣。布东辉的父亲叫布小山，1937年出生，1957年进入中国人民解放军陆军部队服役，1961年退伍回村，任村集体民兵队长，后来因为身体原因，改任村会计。布小山是1985年成立秀山制药厂的发起人，并任药厂会计兼厂长，1999年因病住院，2005年因病去世。布东辉1964年出生在秀山村，十八岁时高考失利，又与父亲不和而离开村子，二十年时间从工地小工做到房地产公司老板，2005年父亲去世后，带着千万资产回村投资，在秀山进行山地、林地的药材播撒、种植，形成药材的野生生长环境。培育榛果种植，形成研发、销售公司，还承包了药厂。据说这是遵照父亲的遗愿。布东辉不同于父辈的墨守成规，他思维活跃，更新机器设备，还聘请了中草药大学的科研人员，成立了大学生科研团队实习实验实践基地，近五年药厂呈良性发展态势。秀山药厂最初的专利检索是1988年，2008年药厂对药物有效部分研究以及制备方法申请了专利延长，现正在中国专利保护期内。

这些属于简单的文字汇总，资料上还有一些数据，几乎详细到每年、每月。可以说，高岛长谷自信这个调查还是详尽且准确无误的。

但是，莫名其妙地突然接到这个电话。于是，高岛长谷在短暂思考后，对电话号码进行了搜寻，结果更是让他如坠云雾了，是隶属方田大厦的电话。左思右想，不明白是怎么回事。是审核资料的项目组发现调查的资料有纰漏？不对啊！如果资料有问题，完全可以直接要求重新调查，也不用通过经纪人，而且出那么高的佣金。那么，就有问题了，是什么问题呢？难道是三木出了问题？

疑虑就像一条带子般在高岛长谷的脑袋里绕，绕得他脑袋里卷了个球，他觉得不把这球一脚踢飞，不但寝食难安，而且就此职业自信也丧失了。

坐在俱乐部的休息区，拿了一只空杯子倒了酒。酒带着果子初恋时的味道，涩而清香，但是高岛长谷却没了怜香惜玉的心情，狠狠地喝了一大口。

“嗨，嗨。”经理人过来说，“我觉得这个时间你好像不该喝酒。”

“我卖给你们了吗？”高岛长谷没好气地说道，“三木过来了吗？”

“我有责任告诉你吗？”经理人也没好气地说，“我又不是保姆。”

正说着，三木进来了，他穿过几个拉住他说笑的人，径直过来，问道：“什么事？还不能电话里说。”

“不但不能电话里说，还需要找个安静的地方说。”

三木看看高岛长谷的眼睛，歪了歪头，说道：“那好吧！请跟我来。”

中国，方田一郎写这两个字时，正是小野跟他说三木策划书的那天。当时，小野从他的办公室出来，直接去了三木的办公室。三木正埋在行业最新动态、市场投放、宣传策略、生产销售等等文件汇总中。不久前，一夫把自己抱怨的从二十岁开始就管理的企业外事部交给了三木。相对于父亲一夫，三木的逻辑性、条理性更强，打个比方说，三木是会在一壶水烧开的五分钟时间里，又专注且有效地做了其他事情的人。因为跟方田一郎一样，三木也是过于专注勤奋的人，偶尔的，会被私下开玩笑，说姓方田的人，是典型的土鳖性格，咬住就不撒口，不达目的决不罢休。不过，三木虽然有跟他爷爷相同的性格，但也有不同，那就是三木还有开朗、快乐，最主要是顽皮的一面，即使工作起来像机器人，但也是快乐的机器人，这句话是三木说的。不愁眉苦脸，这点很像洋子。也正因为这些，小野极其喜欢三木，当然了最主要还是小时候的感情因素，小野结过三次婚，但一直没有子嗣，从一夫小时候小野就待他如同自己儿子般，到了三木更是喜爱，有时候甚至是溺爱。

在年初的董事会上，方田一郎提出关于续任首席执行官的问题。董事们一致的意见是希望他一直担任首席执行官直到不可抗力，或者他自愿坚持卸任，然后投票选举首席执行官。几年前，家族式继承式管理就是过去式了，大企业为了更好地发展，大股东聘请专业人士担任首席执行官。而这个做法取得很好的效果，杜绝了企业的很多弊病。股东们和执行官，这两者的关系存在互利又互相制约。在候选人上，小野极力推荐三木作为接任首席执行官的候选人。但是，方田制药株式会社的另外一个大股东泉相投资公司，却推荐方田制药主管生产的井边石加。井边石加四十三岁，毕业于东京大学，对汉方制剂颇有研究，1995年加入方田制药，研究归元膏的有效成分、制备方法的科研开发团队在他的带领下申请了十五项专利。董事们倾向井边石加，但是对于小野推荐三木，也没有明显反对，有董事说，井边石加是个优秀的人选，而且体现了优秀能力。三木也是优秀的，但是并没有体现突出的优秀能力。

小野认为这话不公平，说三木从实习到接任策划部，一共五年时间，工作很突出，难道大家成了瞎子，没有看到？当时，他说井边石加虽然在股份上跟三木比是弱势，但是从制药厂专业角度三木是弱势，工作成绩相比也是弱势，两项弱势跟一项弱势比，那么，董事们有这种倾向也是可以理解的。

“那么，就没希望了？”小野很丧气。

“怎么会没希望？一切还没到最后，自然不能定论，但是打铁还需自身硬。”方田一郎说这句话时，看着墙，神情若有所思。

小野看到他写的“中国”两个字后，突然就明白了，怎么才能让铁成就自身的硬。于是，那天小野直接去了三木办公室，推开门时，吓了三木一跳，三木站起半个身，还没鞠躬时，就听小野说，“社长想让你通过开拓中国市场，增加董事们心中的优秀值。你必须做好这件事，给董事们一个惊喜。还有，不要让董事们觉得这是社长授意的，明白吗？”小野一口气说完。

风好像透过密闭的窗吹进来一般，三木一震，仿佛一下子进入比赛状态，斗志挂在脸上，“我明白了。”三木说，他很高兴他跟小野爷爷有一样的想法，以及共同的心愿，“我会给董事们惊喜，也努力争取把爷爷的亚洲地图换成世界地图。”

就这样，按照小野说的低调进行，三木请高岛长谷进行中国市场调查。调查结果出乎他和小野的意料，仿制品居然生产了三十年，而且还在中国的专利保护期。小野忽然间明白，为什么方田一郎在90年代不同意开拓中国市场了。接着佩服了，心想，社长真是有远见啊！用一场硬仗，突出体现优秀的能力。

然而就在这时，高岛长谷带来的信息，让三木一惊，心想爷爷居然掌握他的一切。三木感觉到爷爷抛出来的是一枚令牌，通过高岛把令牌传给他。三木一直都是个聪明的人，既然要开拓中国市场，扫除障碍就是必然的。

“就是应该这样。”小野听完三木的想法后说道。

第十二章

一个人，在过了近三十年的时间之后，看见书面文件上的字，还会一惊，眼前一下子浮现出文字里的那个人的脸和神情，说明在潜意识里这个人一直活着，尽管自己从未曾觉得存在。

此刻，坐在椅子里的杨玲就是这个感觉，她不敢相信自己的眼睛，又看了一遍眼前来自国际联合法庭的诉讼告知。日本方田制药株式会社对中国秀山制药厂，就草药组方、活性成分、用途等仿制原研药物专利侵权提起诉讼。

杨玲把眼睛转向窗外。天空碧蓝，但是她的心却如同在火上的水壶，咕嘟咕嘟翻滚起来。方田一郎站在打字室门口的样子在她眼前晃动起来。当初她不断地说服自己，这是无耻之徒的好色行径，但是那双眼睛看起来深情而纯洁，不带一丝一毫龌龊，她无法那样认定。那么，现在，经过近三十年的岁月，当初的情景在这一刻回忆起来，不知为什么居然有那种心疼的浪漫感觉。她忽地站起来，感觉恐惧又焦躁，旁若无人地走到窗前，凝望着虚空中的一个点，仿佛那个点是只有科学家才能解释的五维空间。

布东辉坐在她桌子对面，脸上映出疑惑的担心，他的肤色稍稍暗了一点，但皮肤不粗糙而且还算细腻，眼睛、鼻子、嘴也是一样，相对北方男人粗犷的线条来说，他长得精致小巧，配合看起来憨厚的稍显椭圆形的脸，给人感觉很好脾气很和善。他或许觉得手的粗糙跟脸不相配，所以，一直放在腿上想尽量不引起别人注意。可能是为了刻意不让手指甲里留下难以清理的污垢，他的指甲剪得很短，就如同皮肉包着指甲，而不是指甲保护皮肉。他的手指看上去也很短小，但是手掌却很宽，手背突出的关节上有厚厚的老茧，想必手掌里的老茧更多，所以，他才会紧紧地握着。“这是很难的官司。”他这样想着，脑海中开始设想各种可能发生的糟糕后果。这些糟糕的后果就像一块难吃的硬馒头，被他一点点咽下后，他就没有了慌张，反倒安静下来。

静静地，一言不发地坐在那里等。布东辉一直都是有耐心的人，是那种越是失意和困境，越稳定而坚毅的人。他十八岁在建筑工地做拿钱最少、最累的小工时，就体现了这个基因。这么多年来，他只是做到了三件事——勤劳，聪明，执着，就从小工、泥瓦匠、包工头，成长为房地产公司董事长。2000年开始，他从房地产开发转型为城市建筑，成为承接省内大型城市改建、地下隧道、高架跨江桥、城市轻型轨道设施建设的建筑公司之一，而且不管是技术力量、工匠团队，还是管理层、工程质量，都走上了运行良好的轨道。如果说，他是企业的轴心，那么在这个轴心的带领下，企业运转得如同鱼从小溪流里游到了宽阔的江水里，或者车驶向了高速公路。

就在这时，他就像遇见了红灯，决定卖掉手中的股份，带着钱回家乡重新创业。

股东们在会议室跟他吵起来，一致认为他不可理喻，甚至是疯了。

在净月潭边的别墅里，方田一郎坐在餐室的窗台上，望着被树木环绕的净月潭。想起家乡的树林里有很小的水潭，是温泉水潭。小时候从树上掏出鸟蛋，用一块布兜着放在温泉水里，一会儿鸡蛋熟了，蛋清颤巍巍地透明。他咽了一下口水，记忆就像房间的门被打开了。他看见了自己离开村子那天走的那条通往县城的土路。整整一年，他妈妈都躺在炕上，靠着吃止痛片抵抗头痛。县里医院的医生说脑袋里有虫子，要到大医院做手术。他爸爸坐在炕沿抽烟，烟锅啪啪地磕着炕沿，又到村里挨家走了一圈，回来后跟他说去省城。那是他第一次到省城，第一次觉得自己的眼睛是花的，自己的心是又乱又怕的。蒙蒙地跟着爸爸和妈妈在医院走廊的长椅上坐了一夜。他抱着妈妈的头，看着墙上的脑囊虫防治宣传画上虫子趴在大脑里的图画，他就想，虫子是怎么爬到大脑的、从哪里进去的、从哪里开始爬的、怎么选择路线的、为什么没有错爬到别的地方？这些疑问让他就这样度过了省城第一夜。

第三天晚上，他和爸爸又把妈妈背回来了。手术费！妈妈听见了医生的话，坚持回家。几个月后，妈妈去世了。他悲痛，接下来是愤怒。这种愤怒是从悲痛中产生的，就像一团火烧着自己，也烧着别人，他跟父亲吵，而父亲也跟他一样悲痛和愤怒。就这样，他离开了村子，而且此后很少回村子。1998年，他把生病的父亲布小山以及妹妹一家接到省城居住，一直到2005年父亲病逝前，他不觉得自己跟村子有什么关系，因为他早已是地地道道的城里人了。

那天，黄昏降临在玻璃窗上时，六点刚过几分，病房里亮起了白白的灯光。父亲布小山对他说："东子，爸爸想回家了。不是回城里的家，是回村子里的家。"

"村子里哪还有家？房子早都没有了。"他说，"您忘了，不是您同意卖的吗？"

"是，但是你爷爷托梦给我，让我回家。"

他一惊。抬起头看着父亲满脸松松的皱纹，说道："爸爸，等您好病，我陪您回村子，给爷爷上坟。"

"病恐怕好不了啦，能活到现在我知足，小时候小燕子就叫我软皮蛋。"说到这，父亲笑了一下，"我们那一茬人里，我跟你五叔和燕子姨最好，当年我和你五叔都喜欢小燕子，但都不敢说，等我和你五叔退伍回来，小燕子结婚了。我和你五叔去她在公社的家，当时她正坐月子，白白胖胖的像个大白馒头似的，看见我和你五叔不好意思地笑。你五叔说小燕子结了婚，生了孩子变成淑女了，看样子结婚是好事，咱得结婚。可是，你五叔却一辈子没结婚。有时候觉得你五叔真的像当年的六爷。”

“是六太爷？”

“是啊！你六太爷是我们布姓族人最后一个族长，从祖先定居在秀山靠采草药为生开始，至今有三百多年了，族长是一代代世袭的。之所以取姓布，布衣的布，意思是隐居山林不问世事的意思。祖先留下‘勤耕读，靠山养山’的祖训。勤劳，通晓诗书，还有写一手好字，一直是布姓族人的骄傲。我听你太爷爷曾讲，早间收药老客喜欢字，在集市上收药，先看草编药袋子上的字签。草洇，墨汁落上立马摊成一片，所以，能在草上写出清晰字体的，一定是笔墨功夫深厚，又内心平静之人……”说太多话，布小山咳起来，过了好一会儿，喘稳了气，虚弱地说，“我得回去，落叶归根，我们的根在那啊！”

当祖先、血脉、传承，还没有进入大脑时，那些只是词汇。但是，当词汇跟大脑相连时，就会发现，作为独立个体存在的自己就消失了，剩下的是责任感，传承的责任感，而且这个是不会改变的。

布小山去世后，遵照父亲遗愿，布东辉把骨灰和草药种子，从直升机上撒到大山中。他第一次真正地看清楚了这山，这水，这村庄。山向西延伸，一座座连绵的山峰就像绿色的馒头。坐落在绿树环抱中的村子，更像停泊在绿色港湾里的船。在空中看，村子呈菱形排布，前后尖，中间宽，房屋与房屋之间的树，像是相连的环，一环连一环，环环相连，形成了房屋与房屋的间隔。正是春天，树树繁花如海，微风吹过，花瓣纷纷，如同飘了雪一般。村子就在这花瓣雪里，如同世外仙境。布东辉在看清楚祖先智慧的同时，也清楚自己接下来要回到这里。

布东辉就是这种人，目标确定，坚定不移，哪怕结果是一败涂地，他也要做到淋漓尽致，内心无憾。

回到村里十年，他劈风斩浪似的把灌木丛变成榛树林，在山间在林间种树，撒种植草药，聘请村民为护林员，封山育林。修建了村民活动中心，为村养老院以及制药厂建了新房舍，又在山坡上的共有林地种上了桑葚树，制药厂增加新设备，聘请专业团队，成立大学生新项目研究中心，目前对于桑葚果新的有效药用部分正在专利申请中。

如果不是晴天飘来的云雾，一张诉讼书出现了，布东辉依然会踩着油门，向前疾驶。现在，需要他慢慢踩下刹车，车速该缓下来些了。

外面的天空辽阔，就像铺上了白桌布般干净。

第一眼看见杨玲时，布东辉对她的印象很好，同是1964年生人，但是杨玲看上去年轻干练，皮肤白皙，身材适中，眼神冷静坚定，“这是个冷静的女人。”布东辉想，“这个是主要的，冷静才能思考，才能在浑水里摸到鱼。”

桌上的小白兔发出了嘀嘀嘀的时间提示，这声音如同解开了魔咒，让杨玲清醒过来，她转过身，重新坐在桌子前，双手搭在一起，拱门般放在桌子上，说道：“抱歉，还有个约见，这样，资料我晚上回家详细看。”

实际上，布东辉带给她的资料很有限。秀山制药厂创建于1985年，1988年在中国专利局申请药物成分基础专利，1989年申请制备方法专利，2008年申请有效部分研制，而得到专利延长，现在中国专利保护期内。

二十四味归元散的药方在专利申请分类时，归属于祖传方剂。

药方于1985年由村民布光明捐献给药厂。布光明1905年出生，是当时族长布春唯一的儿子，祖先留下的规矩，药方持有人必须是嫡系血亲，而且须是按照出生序位应该承袭族长一职的人。简单说，族长三子，药方由第一子继承并传承给自己的第一子，当然了，如果接任族长无子或者有生理缺陷，就可以在胞兄弟的血亲中选接续人。在存留的宗族志上，还能看见关于继承传承的字样，宗族志是每届族长在任时记录部族大事件的日志，放在专门议事的议事房里。1941年侵华日军在村子里烧杀抢掠，烧了祠堂，烧了宗族定根树，烧死了第十一代族长，宗族志所剩无几。但还是找到了只言片语的文字，归魂汤，以及归元散的字样，布姓祖先在三百多年间对归元散配方一共修改撰写过五次，最后一次应该是由第十一代族长布春撰写。但是，第十一代的宗族志被烧得干净。就二十四味归元散的字样在残存的宗族志上是没有丝毫痕迹的。而最后一任族长，布光明老人的个人经历比较复杂，他参加过中国共产党领导的东北抗日联军，也参加过东北军，1944年被日军俘虏，1945年日军投降后回到村里。村里存有1968年布光明老人的材料，但是没有太多。还有一份就是布光明老人用圆珠笔写在一张颜色有些淡黄的，质地稍厚的纸上的二十四味归元散的配方，纸的背面画着一个个圈，圈里的数字最少有三组，显然是在剂量上叫不准而纠结的结果。

当地的乡资料室，以及县史志办提供了当地文献。清初文献记载了归魂汤的由来，1645年长白山东北——西南山脉，后裔女真聚居地暴雨，洪水、瘟疫流行，定居于女真部落外西山脚下的布姓汉人熬制药汤，此药汤被称为归魂汤。归魂汤的草药成分有六味，人参，山药枣，丹参，土鳖虫，野五味子等。

尽管文献没有记载归元散，以及二十四味归元散是在归魂汤的基础上，经过布姓祖先采集配制草药而研制出来的，但是，祖志上有在六味药物基础上，增加了主药，添加了辅助的桑葚子、桑葚叶、皮、芽的字样。四味桑葚同时出现在一副组方里并不多见。据现有的布姓族人布小五证实，早年间布姓族人曾在族长带领下在山间不同区域种植二十四种药材，就是二十四味归元散配方所需的草药。

合上资料，杨玲觉得脑袋里晃动着无数问号，她想把这些问号连在一起，但这些问号就像精灵，躲着，跑着，怎么也抓不住。

在庭前会上，杨玲仔细阅读了方田制药起诉的诉讼问题，十几小项，概括起来主要两大项：草药组成成分、活性成分、剂型，以及商用图标。方田制药株式会社生产的归元膏资料显示，最初基础专利注册于1962年日本专利局，1965年在美国专利局注册后，几十年间专利布局主要在欧洲，亚洲也有一些国家。而且申请的是多主题专利，重要组方活性成分专利，以及提取活性成分研发出新治疗用途专利，以及制备工艺的专利，有效部位、成分的提取方法专利，二十四味成分里有十六味草药申请了新治疗用途的专利，以及在提高疗效研发中，每味药的剂量、有效剂型新的专利申请等等，这些专利申请多达几十项。而归元膏经过这些研发衍化出一系列的复方合剂，形成子方、孙方多达几十个。治疗范围也极其广泛，从瘀、窍、清、通等几方面进行内调。资料上有清清楚楚的生产时间、组合物、用途、制备、中间体、延长专利、以及专利布局。所有具有法律实效的主要证据，检索非常完整。而且享有1995年前基础专利研发的独占权。

庭前会议的目的，就是对事实清楚、不需要浪费时间辩论的事情达成共识，而提出需要辩证的问题进行法庭辩论，杨玲提出二十四味归元散不是仿制药，没有侵权，而是祖传方剂的抗辩。

方田制药的首席律师，是一位四十岁左右的美国人马蒂·西姆。深棕色头发，深邃的眼神。刚进门，就说出门时阳光灿烂，就知道要遇到美女。杨玲笑了笑，说西姆先生一定是万千女人喜爱的男士类型。西姆律师笑了，笑得很开心，很潦草地翻看桌上的中方资料。从他的表情中可以看得出来胜券在握，说明他对二十四味归元散的所有例证都很了解，所以表现出一副好牌在手的轻松神情。

西九区时间9月2日，第一次开庭。联合法院在体育场公园对面，中间有一段步行区域，是栋灰色的砖砌建筑，台阶相对较少，或许是老建筑的关系，高高的屋顶，像教堂般细长的窗户，散发着严肃，甚至令人有些压抑的冷。

在美国读书时，杨玲曾徒步旅行。走在路上时，尤其是走在空无一人的路上，前面是上坡，到了上面又下坡，然后一条大路，一条窄路时，她会开始犹豫，不知道该选择哪条路。就在那个时候，当她不知道选择哪条路时，她靠感觉，靠潜意识的感觉选择。有时，走着走着，突然发现一座建筑，一下子体会到柳暗花明的惊喜。很多年后，每当她犹豫时，她也会像当年那样，松开潜意识寻找柳暗花明，不管是在五十码外，或者在一条路和一条路的交错处，潜意识总能指引她做出选择。

13时开庭。宣布完誓词，法官陈述完诉讼问题后，杨玲播放了秀山村的一段视频。树林，长长的、小溪般的温泉水从树林里流过。泉眼算不上大，水流如泼，发出哗啦声。布满蓝黄小花的路，十几棵榛树像篱笆似的排成了排，延伸到山坡上的村子。几株树冠如伞的桑葚树分布在村里，房前晾晒的草药，随处可见。杨玲说秀山村是个采药制药种药有三百多年历史的村子，从1645年先祖为苍生熬制归魂汤开始，后代在此基础上研制了归元散，在归元散的基础上研制出现在的二十四味归元散。而二十四味归元散里的草药成分几乎均可以在秀山的山地、林间发现。中国人历来有就地取材的传统，而二十四味归元散体现得最为明显，作为辅药的桑葚果、叶、皮、芽就是最好的例证。中医中药，历来有继承传承的规矩，之所以称二十四味归元散是祖传药方，就是因为药方的传承，据祖志记载，只有布姓族长才是药方保管继承人。而捐献药方的布光明老人就是最后一任族长。

此外，还有国家与国家的专利法颁布时间的差异，导致专利申请时间上的延误，没有形成有效的专利检索，但是，有文献证明，二十四味归元散是祖传配方，而不是仿制品，所以，控方所诉的仿制品侵权是不存在的。

“这只是属于传奇故事。”西姆说。就刚才的视频以及杨玲的辩诉，西姆律师说：“这些故事很吸引人，之所以说是故事，就是因为所谓的相关文献证据不是很清楚，不能作为事件的证明依据。文献记载1645年女真人后裔聚居区，也就是现在东北满族县，对当时的瘟疫以及归魂汤确有记载。但是，归魂汤六味药材，跟现在的差十八味，而且没有能够证明布姓后代是怎样研制，研制过程、数据，以及相关人员等等的文献记载。桑葚树种植分布广泛，在世界很多地方都有种植，包括日本，如果用一个村拥有桑葚树来证明二十四味归元散不是仿制品，是否过于可笑，也轻率。但是，还是请法官要求辩方提供有实际意义的、有效的证据。”

“除了不确定的历史文献，辩方律师能不能拿出实际有效证据呢！”法官是个胖子，浅黄色的头发，配着一双深蓝色的眼睛和胖胖的、就像发酵得恰到好处馒头般的白脸，看上去暄腾腾的可爱。他支持了控方的申请。

杨玲再次拿出归元散的草药配方文献。但是，西姆律师认为，文献记载的归元散，和现在的二十四味归元散是否相同药剂，并没有明确记载，没有任何证据证明组成成分是一致的。而对证人证言，尤其是关于1938年日军杀害布姓村民是为了抢夺药方的说法，也没有任何直接图文资料。西姆律师甚至抗议如果没有确凿证据不能引申到战争，不能用战争来假设证据。而且他对于1985年二十四味归元散由布姓族人中的最后一代族长布光明老人献给药厂的说法也提出质疑。西姆律师认为一个将近八十岁的老人在生理上脑细胞的退化程度是不能记住如此复杂的组方的。至于所说的祖传药方代代相传，药方的接续者要在十六岁时就背下药方，才能获得续任族长的资格，也是传奇故事。故事就是故事，可用来励志，但不能作为法庭证据。

杨玲继续列举布姓族人早在一百年多年前就在秀山种植二十四味归元散所用的药材……但是，西姆律师依然以不是实际有效证据为由要求法庭，终止没有确凿证据、以及具有影射的语言词汇，取消任何假想性的例证……

风似乎透过了屋顶，把灰尘撒在了空气里，凝滞的，厚重的，又呼吸不畅的感觉。庭前会议很是不顺利，大多证据都被判无效。

直到第二天的第一次开庭结束，杨玲都没有看见方田一郎，或者方田一夫，甚至任何姓方田的人都没出现。方田制药的代表叫高岛长谷，二十七八岁，高个子，一双大眼睛，坐在律师团后面，日方除了西姆外还有六位律师，各自负责不同专利项目。在法庭辩论到商标图片时，六位律师里其中一位展示了山形图标的设计来源，而且在播放视频时，倒是跟杨玲播放的秀山很像。而日本的那座山，叫西云山。不知道为什么，杨玲有一种奇怪的感觉，好像有某种关联在里面。

“嗨！”直到回到休息厅，杨玲还处在奇怪的感觉中，脑袋里飘忽着问号。高岛长谷的一声“嗨！”让她缓过神来。高岛长谷躬身时，一直看着布东辉，然后一改法庭上的严肃神情，脸上闪着快乐的单纯的孩子般的笑意，说道：“我有四分之一中国血统。”

“哦。这样啊！”杨玲翻译给布东辉后，布东辉说道，“那么，从年龄上看，您的祖父母或外祖父母有一位或许是战争遗孤吧！”

“外祖父。”高岛长谷说，“但是我没见过中国的外祖母，妈妈说她在回日本前两年去世了。妈妈回来时十八岁，1980年。”

“那么，外祖父还好，是吗？”

“我出生那年，1987年，外祖父去世了。”高岛长谷说道，“不过，我很喜欢中国的。”说到这，他露出快乐的笑容。

“欢迎您来中国旅游。”

“这场官司结束，或许我可能会待在中国了。”高岛长谷笑得很大声，那声音就像鸟儿盘旋在头顶，说着又看着布东辉问道："布先生有到过日本吗？"

杨玲翻译完，布东辉说没有。

"那么，布先生想没想过要到日本呢？"顿了一下，高岛长谷接着说，"我是指可以为布先生做向导。"

听过翻译，布东辉摇头，说道："我想有生之年不会去日本旅游的。谢谢你。"

"布先生说话很直接。"高岛长谷说道，"那么，失陪了。"

看着高岛长谷的背影，布东辉和杨玲相互对视，彼此脸上挂着疑问。

高岛长谷也是满脑袋疑问，他的疑问来自方田制药，确切地说，在一个小时前，他接到方田一郎的电话。并不是对资料不满意，而是提出了新的合作想法，简单点说，就是他想见见布东辉这个人，请高岛长谷当代理人。高岛长谷再一次有了在迷雾里的感觉，他实在不知道方田一郎葫芦里卖的什么药。刚开庭一次，而且方田制药占据有利的一切，他实在不明白方田一郎为什么这样做。刚才跟布东辉聊了几句，发现布东辉这个人表情总是不温不火、不慌不乱，说话的语气也在一个音调上，话少，但眼睛却像雷达般扫着，这是个冷静的人，而且不容易妥协。

透进来的阳光照在高岛长谷吐出的一个个烟圈上。他就坐在沙发上，看着这些烟圈消散干净，之后拿起电话，看着屏幕，过去训练时，教练要是见谁犹豫，就会很生气，说：“要相信细胞的敏锐，早在最初的0.1秒就做了决定。”实际上，在方田一郎说出话时，高岛长谷的潜意识已经替他做出了决定，尽管他没有拒绝。

高岛长谷拨通了三木的电话。

第十三章

“《水浒传》写的是一个张扬英雄主义的故事。这个故事发生在宋朝，地点是现在的中国山东。书里描述所有的英雄都有对应的星宿，三十六天罡星七十二地煞星，这个故事宣扬了英雄气概，是广泛的意义。但是，有一个有趣的问题，就是从始至终小说里的主要人物所做的一切都是为了被招安，招募兵马，破州城，接济百姓等显示的实力，是增加大宋朝廷招安必要性的砝码，在这砝码上又千方百计地，甚至通过艺伎让皇帝知道他们这些英雄很忠诚……”小野坐在沙发上滔滔不绝地说着，背后是一片蓝天，阳光透过落地窗，无阻碍地铺在茶海上，雕刻在边缘的图案——一条龙——如同活了一般，鳞片闪着光。从他这里望过去，小野修剪整齐的白发上闪着光，因为兴奋而有些发红的脸，使他看上去就像一个正血气方刚的老青年。

有时候，方田一郎很喜欢小野这种惊奇感，在七十岁的年龄还保持着孩子般傻乎乎的惊奇。

“大早上坐在我这里，就是为了谈读后感？”他说道，“怎么最近一段时间好像对中国特别感兴趣似的，难道喜欢上武馆的中国女士？”

“什么啊！这样说，很难为情的。”小野有点儿不高兴地说，“社长，您怎么这样想，真是的。”

“难为情？小野君还会难为情吗？”方田一郎笑着说道，“那么，就是把法务部交给了三木，还把其他的工作也都交给他了，没有工作要做了，所以，才在这里滔滔不绝？”

“哦呦，社长，您真没有良心呢！”小野嘟囔道，“您是体贴的老板吗？怎么会让我没有工作干呢？您这边同意把法务部交给三木，那边就让秘书把您应该参加的活动安排送了过来，一会儿我还要替您参加大学科研项目的观摩。而您呢？每天就像个奴隶主似的，除了动嘴，就在这里写写书法，喝喝茶，还嘲笑干活的人，真是的。”

小野努着嘴的样子让方田一郎开心起来，很大声地哈哈笑，露出依然很整齐健康的牙齿，然后眯着眼睛说：“这是抱怨，是吗？”说完这句，再次大声地笑了，“不过，好像没什么用。”

“噢，怎么每次嘲笑人都很开心的样子？”小野再次嘟嘟囔囔地说，“怪不得洋子夫人说社长是让人无可奈何的人。被你嘲笑但还要像驴子似的为你干活。本来想做个别开生面的开场白，却还是被您嘲笑，真是的。”

“哦，有话要说？”方田一郎问道，“那么干吗绕弯子？显得很无聊。”

小野看着他，脸上挂着有些迟疑的神色，这说明小野不知道怎么开口，或者是件有些为难的事。那么，会是什么事能让对他无任何秘密的小野在他面前要迟疑？只有一个可能，这件事关于方田一郎。那么会是什么事呢？想到这，他心里突然一惊，感觉到了一丝危险，一下子，警觉起来，就如同猫科动物一样，但是面目上却依然，除了收住了笑，脸上看不出任何神色，语气也恢复了平时冷静的语调，“那么，就直接说吧！不要浪费时间。”

“社长，”小野低了低头说，“是这样的，按照您的指示三木独立进行了中国市场的调查，调查的结果跟您掌握的一样——二十四味归元散。社长当年不同意开拓中国市场，而当年的方田制药从规模以及布局还没有达到绝对成熟。现在看，很是敬佩社长的远见。三木的行事很像社长，只是还缺乏磨炼，开拓中国市场对于三木来说是最好的机会，也是在董事面前最有说服力的成绩。而且按照您的意思，这件事要低调进行，一直以来三木都是遵照您的意思独立进行，目前看进展顺利。”或许不知道怎么措辞更好，小野的鼻子翕动得明显快了，“您是对现在的进展不满意吗？所以想见见对方的法人代表布东辉先生，是吗？”

方田一郎觉得有点儿晕，大脑像灌了水，又被搅拌机搅动过般头昏了，他努力保持镇定，努力沉淀混沌的大脑，然后捋清楚到底发生了什么事。

“社长，清除仿制品，是开拓市场的关键，尽管对方否认是仿制品，但是我们有主要的证据——专利检索证明。所以，这场官司不仅仅关系到开拓中国市场进行中国的专利布局，而且对于三木是否能顺利成为您的接班人是至关重要的。您的这个策略是一举两得。只是，不明白这个时候您为什么要见布东辉先生，这件事三木的律师团占了绝对优势。”小野的手抬起来，在空中做了个抓握动作，然后接着说，“社长，请您放心三木，他是个很有头脑的年轻人，而且对成为接班人也是志在必得。刚刚结束的第一次开庭，我们取得了陪审团的信任倾向。三木已经指示作为这场官司代表的高岛长谷，申请第二次开庭，在最短的时间内开庭。社长，那天您写‘中国’两个字，我告诉了三木，所以，请社长一定放心，三木明白您的用心，绝不会辜负您的……”

方田一郎全明白了。大岛竹内说潜意识最终会出卖你，不管设了几道防线，不管怎么锁在记忆深处，它最终会不知不觉地被挖出来，一点点显露出来。它用自己的标准判断对错好坏，根据判断结果进行惩罚。总有一天，所有的人，只要还有人性存在，就会站在它的面前接受惩罚。

心跳到喉咙口，他必须紧紧地闭嘴，才能阻止心跳出来，鼻孔却张得大大的，就像烟囱口，呼哧呼哧地冒着热气。他把头转向墙，侧对着小野，墙上的地图如同蒙了灰般不清晰，他眨眨眼睛，模糊一片。突然间，在这一片模糊里出现了一个黑洞，快速旋转的黑洞，黑洞越转越大，一下子扑过来，他感觉自己正在失去主宰，坠落进飘忽的、远远的时空，进入晃动着波纹的江水里。一条狗正围着一个男人上下跳跃，水花溅得男人睁不开眼睛，而他就在不远处看着这一切。他怕那条狗，也怕那个男人。他一直怀疑这个男人是不是他的爸爸，因为妈妈美里子无数次地告诉他，爸爸是个有趣的人，不但能勘测藏在地下的宝贝，还会说很多笑话。但是，他见到的却是个严肃得冷冰冰的军人。就是他让妈妈美里子带着七岁的他坐着船来到了信里描绘的遍地白米、果实，以及宝藏的中国东北。第一眼看见他，那个男人拍了拍身边的狗，说："这是一郎，打个招呼。"嗖地，那条狗扑过来，啪嗒，湿漉漉的舌头盖在他脸上，他不停地尖叫，尖叫。那个男人，是他爸爸的男人哈哈大笑着喊了一声"大郎"。那条狗就离开了他，回到爸爸身边。

一天下午，他偷偷钻过营地的铁蒺藜，跑到了山坡，上树摘野果子。这时，他看见大郎也在往山坡跑，是追一个人，那个人在铁蒺藜上留下了撕破的衣服条，往山坡上跑的样子总感觉要摔倒。那是个中国男人，赤着脚，破烂的衣服露出身上的伤，他喊了一声。那个中国人抬头的同时，脚下一顿，嗖地，大郎扑向他露出锋利的牙齿，对着那个中国人“咔嚓”咬了下去。那个中国人倒在地上，脖子上的洞，发出咕嘟咕嘟的声音……他喘不过气来，只觉得下面一热，尿稀里哗啦地淌下树，追过来的爸爸仰头看见他，大吼道：“你是日本孩子，这样胆小，是可耻的。”

从那以后，他怕那条狗，怕爸爸，很怕，很怕。

第二年的八月，天气热得一丝风也没有。江岸上驻守的卫兵晾晒着白衬衫像给岸边打了一块块补丁，又难看又别扭。不远处船上挂着帝国的太阳旗，在船下面，爸爸正和那条叫大郎的狗游泳。过了一会儿，爸爸上了岸，拿起白毛巾，招乎他坐过去，然后又拍拍另一边，大郎抖落干净水，很乖地趴在那里。爸爸问：“想回日本吗？”他点头。但是爸爸没看他点头，而是抱过大郎的头，又问：“大郎想回日本吗？”大郎伸出舌头，“吧唧，吧唧”地舔着爸爸。舔一下，他的心就紧一下，脑海里全都是血肉模糊的场景。不敢看，就低垂眼睛，假装看脚前冲刷得干干净净的鹅卵石。

“嘀，嘀”汽笛响了，船从码头边缓慢驶离，他看见很多日本人在船上。

爸爸也望着船，声音囔囔的，如同堵了鼻子：“或许很快就要回去了。”说完，脸贴在大郎颈部，来回摩挲着它厚厚的毛皮，“大郎，大郎，恐怕不能带你走了。”说完，把脸埋在大郎的脖子好一会儿，抬起头，抽了抽鼻子，摘下裤带上的手枪，说道："但是也不能把大郎留给中国人。"说着，把乌黑的枪口对着大郎的头，但是，爸爸的手拿不稳般地抖，而且越来越抖，最后不得不垂下了枪口。

大郎站起来，再次抖毛，颠着屁股小跑到江边，四只爪子站在水里，然后回头，"汪汪，汪汪"地叫了两声。爸爸说："大郎想再玩一会儿，是吗？好吧，再玩一会儿。"说着，站起来，跟着大郎一点点地游进江水。

在江水里，大郎黑黑的脊背就像一条水蛇，快速地游着，"哗啦"跃起，"呼啦"又钻进水里。大郎带着水珠的毛皮甩出四溅的水花，溅在爸爸的脸上。爸爸低着头，喊"大郎，大郎"。猝然间，大郎跃起的同时抬起肥厚的前爪，猛地拍在爸爸的头上。一下子，爸爸身体前倾，扎进了江水里，大郎又扑过去，两只前爪在水面拍击出"啪啪，啪啪"的声音，那声音就像是在玩击鼓。爸爸的屁股像鸭子般翘着，手和脚如同配合地扑腾着。他就在距离不到五十码的岸上眼睁睁看着，直到那条狗经过他的身边，尾巴扫在他腿上，他才慢慢地转身，回到岸上拿起那把枪，跑回住的营地。妈妈美里子正跟营地的女邻居们议论着什么，他站在那冷静地告诉妈妈，爸爸死了，被狗按在水里淹死了。屋里的女人们，眼睛瞪得很大，就像看见了怪物般看着他。

后来，妈妈跟邻居女人们解释，也跟自己解释，说一郎吓坏了，他才八岁。但是，他知道妈妈美里子认为他没有吓坏，是故意的，因为妈妈一直不理他，不看他。他也不敢看妈妈，整整一天一声不吭看着不远处的山。日本投降了，营地的家属慌张地坐上车到码头坐船，码头上好多要回去的日本人，等到了对岸，通往火车站的路上人更多。在火车站等了三天，人越来越多了，吓人的谣言也更多了，被这些谣言吓着的人像疯了似的不管不顾地往车上涌。妈妈美里子焦急地四下张望，突然，撇下他，快步跑到警戒线边，拉住了一个人的衣袖。那个人是远藤先生，曾经来过家里跟爸爸喝酒，唱歌，当时还拉着妈妈美里子跳舞。远藤站住了，随着妈妈美里子指的方向望过来，眼神冷冷地说着什么。妈妈美里子把腰弯得更低了，拉住他的衣袖。远藤先生就那样一甩，向前迈步，妈妈回头看看他，又看看远去的远藤。霍地，扬起了手臂，一下，两下，挥了两下潦草的手势后，头也不回地追上远藤先生。

妈妈美里子一直没抬头，躬着身跟在远藤后面。他没追，没喊，没哭，就站在那静静地看着。他不恨妈妈美里子，但是，他恨远藤，恨远藤让妈妈美里子低眉顺眼的像个可怜虫。他想起了那把枪，藏起来的枪。于是，他走回码头，安静地坐船，上了岸，顺着江走回住的营地。在院子里，他居然看见了那条狗，趴在门口台阶上。见到他猛地扑了过来，他没有像第一次那样尖叫，只是紧紧地闭上眼睛，等着脖子出现一个洞，流出咕嘟咕嘟的声音。但没有像他想象的那样，那条狗用舌头舔了舔他的脸，然后像趴在爸爸脚边般趴在他的脚边。

于是，他假装若无其事地走进屋，瘫在榻榻米上，一会儿居然睡着了。等醒来时，看见狗正趴在门口看着他。他不敢动，又睡了起来。再次醒来时，看见星光透过房顶的洞在地上圈了个圈。他爬到窗前，掰开一块木板，里面是藏起来的枪，他拿出来，压在身下。

等再次睁开眼睛时，天亮了。那条狗背对着他，面对门口低吼，他悄悄站起来，双手紧紧地握枪，对着狗头，毫不犹疑地扣了扳机。“嘭”地，他感觉身体弹了出去，摔倒在地上，一下子什么也不知道了。不知道过了多长时间，胳膊的剧痛惊醒了他。睁开眼睛看见了一个中国男人，正拽他的胳膊，他尖叫，就在他的尖叫声中，“咔吧”一声，他又什么也不知道了。再次醒来时，他在那个男人的背上，旁边是一头瘸腿的驴，那头驴一边一瘸一拐地走，一边“唠唠，唠唠”地叫，他很烦那个声音，很烦，很烦，于是，他举起手打那头驴……

“社长，您，您这是什么意思？”

忽地，他清醒过来，看见自己举在空中的手，那手的五指张开，呈现拍的动作。

“是一定要赢，是这个意思吗？”小野问道，“社长是这个意思吗？”

“是。”他觉得很虚弱，发出的声音不像来自他，而是来自那个一直藏在心底的小男孩儿。直到这时，他才明白，不论怎样隐藏，那个冷漠、仇恨的小男孩儿一直藏在心底。他觉得很累，那种想好好休息，或者可以离开这个世界彻底休息的累。

拜访大山对杨玲来说是一种新奇的体验，至少这一次拜访秀山是带着好奇心情的。对于杨玲来说，通常情况下，山应该是有路，有台阶，有茶肆，水吧，还有一个挨一个的游人。但秀山没有路，没有台阶，也没有喝茶的茶肆，只有无尽的树林，绵延的山峰，好像山顶永远在远处。

秀山村有一条贯穿的台阶，下通江边，上通山脚树林，树林里有一条长长的，由厚厚的陈年树叶铺成的路。向导是秀山村民，也是秀山制药厂的创始人之一，布小五。布东辉喊他五叔，他们是还没有出五服的亲戚，五代为一服，五服是二十五代。五叔个子不高，很瘦，从侧面看身体就像一块板，平直的板。他大概有六十岁左右的样子，但实际已经七十八岁了，昨天聊了很久，但是，杨玲对五叔的相貌还是觉得模糊，或许是因为他皮肤过于黑，还总是微低着头，看不见眼睛的缘故。

一大清早，还没睡醒，院子里传来五叔的声音，那声音把她彻底地从睡眠中拖起来。杨玲没睡好，不知道是因为枕头，还是床，还是思虑过多，总之觉得一夜都是清醒的。她起来，站在窗前，看见布东辉和五叔穿戴着迷彩衣帽，正在说话。过一会儿，布东辉进了这栋三层的职工宿舍楼，脚步穿过静静的走廊，来到她的门前。

“马上下去。”她在屋里喊。

“衣架里有衣服，鞋架柜里有靴子。”

“我带了。”这样说着，杨玲还是打开柜门，看见迷彩服，和印着秀山制药厂的特制胶底靴，看样子这是为她准备的。拿起来，看了看，想象自己穿上的样子，又放下了。

等她出门时，布东辉看见她穿的户外衣裤，尤其看到鞋子时笑了，然后说：“五叔在前面。”

顺着贯穿的石阶向上，来到通向树林的小路，小路上到处都是黄蓝色的小小花。树林光线暗了，树越来越密，路越来越陡。踏着厚厚的落叶，不断拨开周围缠着的各种树枝，但树枝还像聚集般，忽地荡到，或者弹到眼前，直奔眼睛而来，仿佛那细细的枝条，不是长在树上而是荡在空中似的。前面一片红色，是还没有熟但已经红红的山丁子，小小的，三五成串挂在树上。走在后面的杨玲，开始还顾得上欣赏，随着深入，她的注意力全都在脚下了，而且很快就开始手脚并用。走过一个坡，等到了一处相对平缓的地势，她一屁股坐在厚厚的积叶上，完全忘了地上有虫子蚂蚁，甚至顾不上或许还有她惧怕的蛇。她靠在树上，闭着眼睛，听见耳道灌进了风般，嗡嗡地鸣响，心肺被挤压般发出疯狂逃离时的嗤嗤哧哧声，四肢的肌肉震颤般簌簌地抖，而只有毛孔饱满得像一个个正直立张着嘴的泡泡，发出啵啵的声音。前面是树，后面是树，左边右边都是树，这些树的根须在地下钻得很深，她仿佛能感觉到地下发出轰轰的声音，一棵树的声音，两棵树，无数棵树，而那些声音从树根传至树梢，然后树与树衔接到一起，形成树的乐曲，风加入了，鸟儿加入了，泉水、小松鼠也加入了……树林里热闹起来，就像在举行一场盛大的音乐会。

“杨律师。”

睁开眼睛，看见布东辉俯身看着她，一脸担心。杨玲笑了一下，站起来。但是脚下一软，布东辉扶住她，说：“杨律师，前面是温泉，过了温泉，翻一道梁就到六爷当年培育的那块地了。”

她小心翼翼迈步，腿还是抖得厉害，而且她觉得自己的身上像洗透了似的，有点冰凉的感觉。布东辉伸出一只手，把她拽过两块大石头和树枝中间的空隙。

“哗啦，哗啦”的响声传过来，走下碎石路，地势缓了，脚下软了，但是隐藏的溪流正低声吟唱流淌在厚厚的落叶下面，一脚陷进，温热立即包围过来，那是温泉水。

五叔在泉眼下方的石砌池子边，手里握着木柄，另一头伸进池子里。空气湿润中带着清新，脱下湿湿的鞋时，杨玲愁眉苦脸。布东辉从背包里掏出一个塑料包，递给杨玲。居然是印着“秀山制药厂”字样的白色靴子，自己昨天穿过的。

昨天，也就是到秀山村的第一天下午，杨玲去了药厂。药厂在村子的东面，依山而建，大门处有一突出如鹰嘴石，是从山石延伸下来的。院子里有棵桑葚树，看样子也有上百年的树龄。这里曾是族人的议事房，被日本鬼子烧成废墟后，一直没有重建。1949年后，先是做了农具和牲口棚。再后来，药厂建在了这里。现在看，药厂规模也算小，一共五个车间，处理车间包括修治车间，是对原料进行挑，捡，簸，筛，刮，刷，捣，碾，挫，以及切，铡；水制车间，洗，淋，泡，漂，浸，润，水飞；水火制车间，炒，炙，煅，煨，烘焙，以及蒸，煮，掸，淬；制丸车间，蜜丸，浓缩丸，采用的还是塑制法；包衣以及包装车间，包衣还是以糖衣为主，以前也曾有过百草衣。布东辉介绍现在修治车间还是以人工为主，其他的有一些例如夹套式常压蒸发锅、折流式连续逆流提取机，以及自动制丸机，还有真空干燥机，包装机密封机等控制设备的都是招聘的中等技术学校的毕业生。

在水制车间，杨玲穿着白色靴子、白色工作服穿过一排像水槽般的机器，到了车间最里面。这里有一扇通向下一个车间的门，门横上有两个字“怀远”。是隶书，蚕头燕尾，一波三折中呈现出柔软，而不是笔画上所谓刚劲的硬度，横长竖短中呈现出的包容感，正符合了这两个字的意境。这是当年捐献药方的六爷写的。在门侧的墙面上是几排竖行的毛笔字，是注意事项，还有负责人的名字，布小山。字迹颜色在墙面上是深灰色，看上去这字马上就会消失似的，但有趣的是，这字已经三十年了，而且写上时就是这个颜色。布姓族人从祖先开始，写字的墨汁是采集药草自制的，颜色不像石墨的那么黑，但渗透力和牢固程度很强，更有趣的是，遇黄色、白色都呈现深灰色，不过遇见紫色会呈现蓝色。在整修车间时，布东辉留下了这面墙，不仅因为上面有他父亲的名字，还因为“怀远”。

布东辉这一代的布姓村民几乎没有会写书法的，倒是新来的几个工程师非常感兴趣。休息时，就在新建的食堂的桌子上，跟着五叔学写字。五叔的字都是当年的六爷教的。五叔说小孩子不喜欢写字，写字的时候就故意折断手里的树枝，然后借着上树折树枝的机会玩一会儿。不过，等过几天又写字时，六爷就一人发一个他削好的不粗不细如同铅笔的木棍。六爷好脾气还有耐性，村里的大人忙着干活，没有人带着小孩子玩，只有他带着小孩子玩，进山，下江，摘果，捕鱼。村子下面那条江叫松江，江里有四种鱼“三花一岛”，鳌花，鳊花，季花，以及岛子鱼。鳌花肉质细腻，鳊花季花鲜美，而岛子鱼相对三花外观短小，身扁，色白，但因游泳速度极快，且善跳跃，属于凶猛鱼类，汤汁比之三花更有无与伦比的鲜美。冬季最冷时节，冰冻层厚达近一米时，午时阳光直照冰面，六爷就叮叮咚咚凿出直径大约三拃的圆圈。等听见轰轰之声，钉入铁钎，钎冰上来时，忽地，一股水雾冒上来，水雾下面泛着点点粼光。抛网下去，罩住粼光，收网。大大小小的鱼，小孩子涌上拾鱼入筐，或者直接串起，在身后拖成长长尾巴，一路在雪地扭出粼粼的波光。六爷会炖鱼，在村中央雪地架锅，翻滚在热水里的是一层草叶，那些草叶并无特殊香味，但是放进了鱼，就有了味。这味钻进胃里，引出一条条馋虫爬到嗓子，小孩子咕噜咕噜的吞咽声响起来。说到这，五叔像孩子般笑了，叠叠层层的皱纹像菊花般在脸上绽放。

从车间、库房、行政，直到食堂，仿佛到处都有六爷的痕迹。杨玲在靠窗户位置坐下，看着对面贴着墙的细绳上晾挂着的字，她心里有了一个很强烈的拨开谜团的想法。她凝望那些字，仿佛要在那些字中探索，探索出一条路径。

五叔围着围裙从厨房里出来，脱下围裙时搓了搓手。

出乎意料，五叔的思维清楚，语言的条理很清晰，而且还算流畅，这是意外的惊喜了。五叔垂着眼睛，说道："村里准备建药厂前，老支书，我，东子爹跟六爷说药方的事。六爷当时住在村集体的孤寡老人院里。听了老支书的话，六爷也不说话。我以为他不想拿出药方，说了一些不知道天高地厚的责备的话。老支书是后来户，姓王，讲药厂对村民的好处，让六爷从大局出发等等。突然六爷哭了，说对不起祖宗，原始药方被他弄丢了，拿出那个空木匣子。问怎么丢的，六爷摇头。六爷的性格是，不想说的话就是用老虎钳子也休想从他嘴里掏出一句来。

“‘药方没了，还开个屁药厂。’当时我就是这样骂的，‘都他妈的穷死，扎脖吧！’

“可是，就在我们往外走时，六爷说：‘把药方上的草药成分、剂量写出来，行不？’自然行。后来六爷用两天时间写出了药方。就是现在的二十四味归元散的配方。”

“1985年时六爷多大年纪了？”

“大概也有八十岁了吧！”

“八十岁了。”杨玲小声嘀咕着，“八十岁了。”

“六爷是族长的儿子，在族里同辈中行六，小时候叫小六子。在中国有贵人语话迟的说法，但他八个月就开了金口，说的第一个字居然是‘好’。到两三岁时就能握笔在纸上写字了，还能盘腿坐在炕上，细声细气又慢条斯理地，教一群初生的小鸭子认字。说来也是奇怪，他念一声，小鸭子嘎一声，他娘在窗外见了，笑得不行。等族长三爷爷进门，当乐趣说了。三爷爷却皱了眉头，坐在炕沿‘吧嗒，吧嗒’抽烟，‘咔嗒，咔嗒’磕打烟锅，说了句‘祸从口出’，就拿出箱子里的小秤砣。小六子含了小秤砣，白天倒是不说话了，但是话都憋在睡梦里了。叽里咕噜的，没完没了地说。长一辈的叔公们出主意，说背草药书册。这招治好了小六子。十六岁那年，按照祖先的规矩，族长的儿子要在族人面前进行族考，读写，耕种，还要把祖先留下的配方，二十四味药材的名称、用量、用法、禁忌、作用、疗效，一丝一毫都不差地在族里长辈面前背诵下来。

“六爷顺利过了族考，二十岁完婚，婚后生了个女孩儿，但女孩儿没过一周岁生日就夭折了。两年后，又有了个男孩儿。族人娶妻喜欢年龄大一些的，为的是操持家务。六爷妻子比他大四岁，生这男孩儿时难产去世了。剩下这么个小男孩儿，跟六爷小时候不同，这个孩子属于贵人语话迟，到了三岁还不能说一句完整的话。村人开玩笑，说六子把话说尽了，所以儿子不说话。六爷听了倒也不恼，给儿子起名叫布宇。

“1941年，布宇八岁。立秋那天，六爷带他进城。药材行老板相熟，挽留写一手好字的六爷切磋切磋。六爷也喜欢切磋，每每都会留一时半刻的。但是，那天他却没心情，想早点回走，因为来的时候在城墙下看见日本兵牵着一群狼狗，一个挑担子的汉子过来，日本兵松开绳子，狗扑过去，刹那间，那汉子就生生地被撕成了碎肉，然后，一块一块被咽到狗肚子里。但是，老板诚心挽留，又不好驳了颜面，就对儿子布宇说只许在店门口玩，哪里也不许去。小布宇是老实的孩子，点头答应了。

“跟着老板进了里面，研了墨，端着笔却写不出字。就那样，蘸墨，端起，又蘸墨，又端起，来回反复几次，彻底地放下笔，说道，‘心慌得厉害，写不下去，得回了，要不封城门了。’说着，往外走，就在一脚门里一脚门外时，跟撞进来的伙计照了满面。伙计跑进来，说一辆遮着白布的汽车停在门口，好像有一个瘦瘦的，穿着白褂子的，戴着眼镜的日本人，在门口跟布宇说话，还摸孩子的头。那个日本人很年轻，长得也很温和，笑眯眯的样子。当时，正好有客人，他就没在意，可是给客人抓完药，小布宇不见了。

“‘嗵嗵，嗵嗵’六爷在街面来来回回跑，见人就疯了似的问看见没看见一个穿蓝褂子的八岁男孩儿。药店对面的街边炉匠告诉他，穿白长衣的日本兵牵着小男孩儿的手，上了一辆车门上有十字、车身遮白布的车。指向城门，说车子往城外开去了。

“六爷丢了儿子，老板也很着急，而且自责。情急之下，说和这街上日本商行有过生意往来，老板远藤是个温和又彬彬有礼的人，做生意也很诚信，所以能不能请他打听一下。六爷跟着老客去了日本商行，远藤先生个子不高，眼睛不大，大约四十岁样子，但是从头顶开始头发稀少，就像间得干干净净的地，垄是垄，苗是苗。笑眼睛眯眯着，看起来是彬彬有礼的，越是这样，六爷越是心慌。

“远藤算是个中国通，对中国东北的风土人情十分了解，而且对当地的传说以及各种风俗也知晓。远藤曾专门研究过汉族人的姓氏，以及一些古老村落的起源。布姓族人的传说让他很感兴趣，尤其是神乎其神的药方。在远藤那里，六爷得到的答案是，小布宇是被防疫给水部队领去消毒了，因为疑似身上有细菌。六爷当时说，整日里都与草药为伍，村里的小孩子从出生就很少生病，体质健康，根本不会有细菌的。

"'有没有细菌需要检查才能知道。'远藤说。

"六爷连夜回了村子，跟三爷爷说藏好药方，说他要离开去找小布宇。六爷走后不久，远藤带着日本兵进了村，杀了族长三爷爷和二十几个布姓族人，但并没有找到药方。好几年，六爷也没回村，族人以为六爷死了。直到日本鬼子投降1945年，那年我十岁。应该是九月，太阳又高又亮，云绕成圆馒头般的一团，一团，贯穿村子的石阶上'嗒嗒，嗒嗒'地响着脚步声，一个高高个子、宽宽肩膀、皮肤有些灰黄、左脸颊上一条深深疤痕的男人出现在村子里，那是我第一次见到六爷。六爷后背用布袋背着一个小孩，旁边还牵着一头老驴。那小孩子病快快的，两条腿像面条似的垂着。那个孩子也叫布宇，但是村里的大人议论说原来的布宇肯定死了，要不怎么也应该十几岁了，而这个布宇也就七八岁左右。村里人私下说是六爷在外面跟别的女人生的。那个叫布宇的孩子病了一冬天，村里人都说那孩子活不了。但是第二年春天，他奇迹般地活了，站在六爷身边，就像黄豆芽，个子不高，小鼻子小眼睛，抿着嘴，一只手拽着六爷的衣襟，一只手拽着自己衣襟，就像怕自己跑了似的。我们几个小孩子围着他，跟他说话，他不说，然后很突然地，抓起一个人的胳膊就咬。他特别喜欢咬人，我们的手臂几乎都被他咬过。他喜欢上树，整天像鸟儿似的蹲在树上，要是有人从树下过，他不是扔东西就是撒尿。1948年冬天，村里路过部队扎营，六爷带着几个人在破冰网鱼，给当兵的熬鱼汤，贴饼子。一眼没照顾到，布宇就抓了把泻叶放进汤里，当兵的喝了上吐下泻。十冬腊月的，六爷被扒了个精光站在雪地直跳脚。等天亮透时，军官从茅房出来，瞥见六爷身上凸起一道道白，走近一看是鞭子的疤痕。军官让当兵的把机械运动的六爷埋在雪里，使劲搓。就是那次，村里人才知道，六爷在日本人格斗营做过训练靶子。”

杨玲看着角落的板凳，板凳面上已经坐得光亮。她说：“那个布宇后来为什么离开，而又一去不复返呢？”

“我和东子爹是1958年当兵走的，回来时布宇已经走了，我和东子爹去看小燕子时，提到了布宇，小燕子说了一句，‘布宇不是六爷的儿子’，六爷跟他爹到公社开证明，当时因为她的钢笔字好，证明信还是她写的。当时小燕子正坐月子，婆婆不怎么高兴我们两个大小伙子看她。后来也没再说起。”

“这么说，这个布宇并不是六爷的亲生儿子。”

“没错。”

阳光在这个时刻热情起来，树林里显示出秋天的热辣。穿好靴子的杨玲，说“走不动了”。

布东辉笑笑，说："你昨天说要看看六爷当年的地方，五叔就跟我说，城里人娇气，走不了山路的。"说到这，看看前面，好像满脸忧愁地说，"我也背不动你。"

"咯咯，咯咯"，杨玲笑起来。

这时，五叔拎着网过来。这个网类似捞鱼的网，或者也可以说小孩子的蜻蜓网，长长的木柄，铁圈上有绳结网，网里有四个被温泉烫得有些发红的鸡蛋。杨玲更笑得脸上的苹果肌真的就像苹果一样圆起来。

吃着鸡蛋，眼睛望着正削着柞树枝的五叔。他的手粗糙，手上的皲裂更像一道道细沟，乌黑的指甲有些残破，有几处露出青白。杨玲打量着这双手，突然开口说："如果说村制药厂生产的归元散，跟在1972年通过国际注册生产的归元膏，在药物成分配方上的一致率超过国际规定，而被认定是商业犯罪获取药物配方。而且或许秀山村还没有有利的证据证明，那么，该怎么办？"

"村里的药厂是1985年改革开放之初创建的。归元散是当时八十岁的六爷献给药厂的。他说，祖传的原始药方在十几年前丢了，现在这个是凭记忆写出来的。我们几个人当时也没在意，"文革"期间药厂就这样建起来，时间过了三十年，历经无数大起大落而没有倒闭破产，主要是因为有这归元散。"五叔说到这，看了看布东辉，又说，"如果一个住在僻静地方，没见过什么人，也谈不上招谁惹谁的老妇，突然被杀了。而且不知道谁杀了她，也不知道为什么。那么，该怎么办？”

“刨根问底，哪怕仅仅只是弄清楚为什么的原因，换句通俗的话说，死也得死个明白。”布东辉声音里的重音，听上去就像钉在木板上的钉子。

走了一段路，抬头可以看见在树与树间跳动的光线，网成斑驳的一块块，就像闪烁的云母片。一阵风掠过，好像带走了她身上的热气，再往前走着，好像有了路可循，翻过山梁，看见了一座像四方匣子般平顶的松木屋。门前大约有直径5米左右的半圆形缓台，缓台边缘连接着每隔半米一个的木桩，门下面三阶木质台阶。台阶下面有一条被草覆盖的石头路，路两边还有蓝蓝的小花。木屋侧面，有一顺立的梯子，在梯子后方，能看见圆石台的一角。

“这房子就是六爷的。”五叔说，“这片林子就是1940年被日本人轰炸过的地方，当时炸弹落下没有火，而是冒着蓝烟，顺着风向往西北卷。据说蓝烟经过的西面三个村，不到一日就闹了瘟疫，人死的时候就像风干的茄子了。而这块地方的树死的死，枯的枯，寸草不生，而且像镀了一层膜似的，黑灰黑灰的。当时村里人说这地不行了，废了。六爷带着族人，种树，种药材，我们小孩子也跟着进山，屋后面的那个圆台就是我们学习识别草药的地方，看，闻，尝。长什么样子，有什么气味，是什么味道，同种类不同生长时期，不同种类同一生长时期都是不一样的。”五叔叹了口气，一直垂着的眼睛抬起来望向远方，他的眉毛很长，眉头好像在轻轻抖动，说道：“当时，六爷愧疚药方在他手里丢了，哭得像个小孩子，我们劝，不就是一张纸嘛，丢就丢了吧！种植二十四味归元散的山不是没丢吗？二十四味归元散的根不是还在吗？”

第十四章

"归原，回到最初，或许是古老的时间、地点，还原到真实。"

西姆律师不大明白这话的意思，微微皱眉，看着杨玲。而坐在他们俩对面的胖法官茨里弗也不明白。他蓝色的眼睛闪动着像孩子般天真的目光。杨玲在某种程度上喜欢茨里弗的这种天真神情，要不是他过于浮肿像白面包的脸上呈现酒精的痕迹，那么，他就更像一个天使了。

庭审前会议，杨玲抛开了方田制药株式会社像铁甲般一项项、一条条的诉讼问题，对于证据、专利检索、时间、研发数据，以及企业规模等等，逐页、逐行、逐条无懈可击的证据，提出了"归原"追溯源头，让最真实的本来面目呈现。西姆律师认为汉方在日本的历史也有近两千年，追溯汉方的源头本来就是没有意义的，而且古汉方本身是超越时效的，也就是说古汉方不再拥有专利时效，而是人类共同的文化遗产，可以说在汉方的基础上研发新的药物是传承人类智慧的方式。

杨玲没有说，二十四味归元散不是古汉方，而是布姓族人代代相传，属于私密性质的方剂。她比喻说，她小时候有一本小人书被邻居的孩子拿去了，邻居孩子给小人书包上彩色的纸，又在小人书上写上了自己的名字，但是不管怎么样，这小人书都是她的。

对于西姆律师而言，杨玲说的这些完全是在转移诉讼主题。在诉讼的开始，他就提交了方田制药株式会社的创始人方田一郎的养父远藤新井的资料。远藤新井的祖辈虽然是农民，没有任何从事跟医药有关的农或者医，甚至商的活动。但是，远藤新井1930年到1945年在中国东北经营货栈、货物流通中转站的同时，也经营一家药材行，在中国东北学习了草药知识，并且编辑整理了搜集的民间偏方。这药方经过纸张、笔迹鉴定，确实是远藤亲笔写下的药方册。辩方提出名为远藤的军人当年为了抢夺药方而杀害布姓族人，可是方田一郎的养父远藤并没有军队的服役记录，而且布姓族人也没有证据显示，军人远藤和商人远藤是否为同一个人。这是有待考证的，但是这个考证是另一个范畴、需要另一种法庭解决的问题。还有一个事实就是，不管是军人远藤还是商人远藤，并没有得到布姓族人的二十四味归元散的药方，这已经得到布姓族人布小五的证实。可以说，归元膏的方剂是远藤回国后经过十几年的研究而得出的，这就是事实。西姆律师认为辩方先是用战争上的假设，然后又用一个偷盗的故事再次假设，目的是掩盖仿制侵权事实。这是脱离诉讼的，跟整个诉讼没有关系的。

“事实上，”茨里弗法官开口了，“杨律师，您的意思很清楚。但是我要说的是，你的故事里存在很大的漏洞，即使小人书是你的，也需要有证据证实，而不是推测假想以及自我认定的，也就是说证据，牢牢钉在板子上的证据。如果没有，那么小人书，我和陪审团就会认定书是邻居孩子的，除非一种可能，那就是邻居孩子自己承认拿了小人书。可是，这无疑等同于承认偷盗，那么，这个可能的概率又是多少呢？你的这一切假设是否会引起反感？而且我同意西姆律师提出的诉讼关系，诉讼主题，不要无意义地偏离诉讼的主题。”

“之所以要归原，这并不是偏离诉讼主题，而是让主题进入更清晰的轨道。”杨玲说，“中国人讲究适匀状态，天下万物都是在这种状态下产生的。两千多年前的《道德经》里就提出了宇宙生成论，阐述了世间事的因果以及增减，所以中国人才会有“怀远”“思源”。遵循大道，“道”是化育万有，包含一切，贯穿一切。”

茨里弗法官眨着可爱的蓝眼睛，对杨玲说道：“听起来很深奥，虽然我听不太懂，但是我想说的是，这些对案子的结果有帮助吗？”

“是的。”杨玲坚定地说。

“既然这样，那么好吧！”沉默了一会儿，茨里弗说道，“不过，我还是要提醒你，法庭需要证据，确凿证据，不是推理假想，如果不是这样，很容易让陪审团产生强辩的不信任感，那么对案子没有好处，也会对你作为律师的专业精神产生质疑，失去职业的信任度。”

可以说，这是一步险棋。茨里弗法官建议杨玲三思，还是在剂量、制备方法等这些不同于归元膏的方面辩护，这样陪审团在最后认定仿制时，也能赢得一定的支持。但还没等法官把话说完，杨玲就打断道：“你已经认定二十四味归元散是仿制药品是吗？”

茨里弗法官一愣，摊摊手，又努了努嘴。

9月24日十点钟庭审。开庭前，杨玲坐在休息厅靠窗户的椅子上，布东辉在对面橡木靠背的长椅上，眯着眼睛像是困了似的望着窗户上的阳光。杨玲从文件包里拿出书，这是本很小巧的书，大约9寸，硬质蓝色封面，很适合旅途阅读。

“嗨，打搅了。”高岛长谷站在面前鞠躬，“可以坐下吗？”

杨玲微笑低头，做了个“请”的手势。高岛长谷坐下，把手中拿着的一本书放在桌子上，说道：“杨玲女士，在看什么书？”

杨玲合上书，给他看书名。高岛长谷念着书名《十宗罪》，笑了笑，说道：“小时候父亲送我的第一本书是《心学》，这本书是爷爷从他的父亲手里接过来的，现在这本书在我手里，我准备传给我的孩子。”顿了一下，高岛长谷接着说，“立志用功，如种树然。方其根芽，犹未有干……”

“及其有干，尚未有枝。枝而后叶。叶而后花实……”杨玲接了下来，“初种根时，只管栽培灌溉。勿作枝想，勿作叶想，勿作花想，勿作实想，悬想何益？”高岛长谷加入一起背到这里，高岛长谷停了下来，笑着看着布东辉。“但不忘栽培之功，怕，没有枝叶花实？”杨玲接着把剩下的背完，高岛长谷眼神并没有从布东辉身上撤回，而是接着说道：“布先生的祖先据说是明室后裔，那么布先生对王阳明先生的《心学》一定有更为深刻的理解，是吗？”

杨玲给布东辉翻译。布东辉露出尴尬的神色，看到这个神色，高岛长谷好像满意了，笑着转过头，拿起桌子上的书，递给布东辉，说道：“这本书很有意思，没事的时候布先生可以看看。”说着站起来，再次躬身说：“打搅了，还请原谅。”

看着高岛长谷的背影，布东辉若有所思，坐过来，把书放在桌上，盯着书封面，问道：“这是什么书？这个高岛长谷是什么意思？”

杨玲看看书名，说道：“就是为了印证一下他自己的判断。”

“这是什么书？”布东辉翻了翻，放下说道，“都是日文。”

“是日本人写的，是一位专栏记者。”杨玲手指在书名上点了点，“知道书名叫什么吗？”

布东辉感觉有些紧张。他摇头，又摇头。

“《低智商民族》。”杨玲说，“讲读书的，大概意思是读书对于人类发展的重要。即使拥有优良的基因不读书也会成为低智商民族。”

“哦。”布东辉转过身，杨玲看见他的脸出现放松的神情，于是，她再次开口：“书里大篇幅提到了目前的中国人不喜欢读书。书的作者在中国旅行时发现书店很少，中国人全民阅读时间很少，而人均阅读量只是日本的几十分之一。”说到这，她停住了。

布东辉好像明白过来了，脸一下子红了，绷起来，说道：“这个犊子是来侮辱我的？”

“犊子？”杨玲抿嘴一笑，说道，“在东北，犊子是个神奇的动物，能滚，能扯，能犟，还能完……”顿了一下，“不过，有一点可以肯定，犊子算是可爱的动物。所以，高岛长谷不是犊子。”

僵硬表情的布东辉说道：“杨律师，这时候还开玩笑。”

“幽默是东北人与生俱来的。”杨玲笑了笑，“但不是开玩笑，高岛长谷肯定不是东北的犊子，尽管他有四分之一的东北血统，他只是自认聪明却愚蠢的，自以为是的日本人。”

“嘀嘀”，手机提示音响了，时间到了。杨玲站起来，走出休息区。一直在传真室的两个助理把一叠文件交给她，然后跟在后面进了法庭。布东辉愤愤地，这愤愤让他突然觉得惭愧，惭愧自己对读书的认知浅薄，觉得只有考试书，工具书，其他的书籍是不需要的，但是就是这不需要让他知道了，真实是让人难以忍受的，想到这句话时，一下子口腔里干干的，如同水分被抽干般。

第四法庭里没有阳光，阴沉沉的，好像到处都是迷雾在盘旋或者飘浮在空气里。宣布开庭，起立，杨玲看着西姆律师高高的鼻子，从侧面看，更像一只钩子，轮廓分明的钩子。西姆算是美男子，但是他身上总是有一种抹不掉的高高在上的偏见。坐下后，杨玲手中的笔点在翻开的第二页第三项内容上。

茨里弗法官示意杨玲开始。杨玲站起来，助手再次播放了秀山村以及布姓族人作为二十四味归元散的始创者的根据和一些相关文献后，播放六爷木屋，还有那个圆台，镜头对准圆台一角的划痕，随着推进，是日文“妈妈”。杨玲说这个木屋是捐献药方的布光明生前居住过的。这片树林曾因日军投下细菌弹而寸草不生，当时是族长的布光明带领布姓族人种树才呈现现在的样子。

西姆律师反对，跟诉讼无关。茨里弗法官请杨玲尽快进入主题。

“之所以这样开始，是为了能清晰地进入主题。”杨玲说道，“布光明出生在秀山村，是当时布姓族长唯一的儿子，十六岁通过族长测试，二十六岁时第二个孩子出生，这是个男孩儿起名布宇。1941年布宇被日本关东军防疫给水部队——也就是731细菌部队——在街上带走，以消毒为名实则做了人体实验……”

没等说完，被西姆律师抗议打断。杨玲申请法庭反对抗议，申请陈述权，茨里弗法官同意要求，但是也再次提醒陈述案件有关事实。杨玲接着说：“布光明为了寻找儿子离开村子，直至1945年日本投降回到了村子，他带回来一个七八岁的小男孩儿也叫布宇，但是这个小男孩儿并不是那个被日军带走的布宇，而是一个被遗弃的日本遗孤。”说到这，她停了一下，对着大屏幕圆台一角，说道，“这就是当初那个孩子留下的，是日文的‘妈妈’。”

西姆律师再次举手，抗议杨玲用无关的煽情语言。杨玲大声地、语速很快地说道：“而布光明收养的这个男孩儿在1960年离开，并且从来没有再回去过，而这个男孩儿就是……”停了一下，深深吸口气，再次大声说，“就是方田制药株式会社的创始人方田一郎。”

法庭内有些窃窃的声音。

“我要警告辩方律师在编造一个故事前，要考虑是否要承担人身诬陷的法律后果。”西姆律师说，“编造一个假想的故事。我有理由控告你诽谤。”

法庭的侧门打开了，一个满头白发，大约七十岁左右的老妇人站在门口，她圆脸，虽然眼睛被松弛的皮肤遮盖成了三角眼，但是，依然能看出来曾经的大眼睛，她的嘴抿得紧紧的，神情庄重而又慈祥。她走路的步态中依稀存留着年轻时的利落。

宣誓后，老人开口。开始，声音有些颤，但过了一会儿她稳定下来，陈述条理清晰。王春燕，1939年出生在秀山村，在村里被村人称小燕子。1958年至1962年曾在管辖秀山村的桦树林公社做过民政助理。1995年退休，退休前一直在桦树林做妇联和民政工作。在1960年做民政助理时，曾开过一张证明书，证明书里的人叫布宇，日本名字就是方田一郎。这张证明是布光明和当时的秀山村书记王福根一起到公社请公社出具的证明，证明布宇是布光明1945年在回村的路上搭救，后收养的日本遗孤。当时让她写证明书，主要是因为她的钢笔字好，但是填写证明书时，她很紧张，在写方田一郎的“一”时多了一个短勾，当时领导看完，让把“一”的前部描了描，那个“一”看上去黑粗黑粗的，像一条虫子……

“王女士，您很确定写的名字是方田一郎，而不是大田一郎，或者什么其他的，是吗？”西姆律师在王春燕女士陈述结束取得法官同意后，问道，“在您的职业生涯里，我相信您开具过无数证明，每个证明您都能记住吗？”

“当时的那个证明是……”王春燕老人想解释，但是被西姆律师打断了，“王女士，您只需要回答是，或者不是。”

“大多数，大多数……”王春燕老人有些犹豫地说，“是记不住的。”

“那么，您为什么能记住五十五年前的证明呢？而且还能清晰记住证明书上的名字呢？”

“那是因为我从七岁就认识布宇。”

“哦，七岁就认识，那么你一直不知道这个布宇是日本遗孤是吗？”

“村里人开始以为布宇是六爷在外面生的孩子，后来有人听见布宇跟自己叽里咕噜地说话，说的是日语。村人猜测他是日本遗孤，问六爷为什么，六爷说因为是一条命。”

“那么，您是从那个时候开始就知道了，布宇的日本名字叫方田一郎，还是后来的什么时间知道的？”

“是在开证明书的时候知道的。”

西姆律师转身对法官说：“从王女士的回答中，六爷，也就是布光明确实收养了一个日本遗孤。毋庸置疑，这是个闪现人性光辉的、感动所有人的事，但是，不能把这个感人事件里被收养的主人公安插在方田制药株式会社的社长方田一郎先生身上。王春燕女士承认只是在当时开证明书时第一次知道布宇的日本名字，在没有任何文件证明王女士的话之前，我想请问一下在座的各位，回忆一下五十五年前的今天都做了什么，或者不用五十五年，就回忆一年前的今天做了什么。在座的各位有几个人能记住呢？何况王春燕女士当时是个小女孩儿，在写证明书时会紧张，紧张专注字迹时是否能记住书写的内容呢？而且在王女士的职业生涯中出具过无数证明书，而方田一郎，一个第一次听见的名字，记忆牢固程度是多少呢？这不是质疑王女士的诚实，而是会否产生记忆的错位呢？”

“或许有很多事情忘记了，但是布宇，我想我是不会忘记的。之所以记住他的日本名字，是因为从1945年开始我们是一起长大的，一起跟六爷学写字，识别草药，一起下江抓鱼，上树掏鸟。”说到这，王春燕老人顿了一下，说道，“尽管他不爱说话，很淘气，很喜欢咬人，还不喜欢上学，总是逃学，在树上盘个窝，然后蹲在树上往下面扔石头，长大后整日地躲在山林里，不喜欢跟我们来往。但是我们是儿时玩伴，有谁能忘记小时候的玩伴呢？即使时间久远，可能会忘记很多事，但是小时候的记忆是永难磨灭的，它会永远跟随你，直到离开这个世界。”

西姆律师瞥了一眼杨玲，对王春燕问道：“王女士，我相信您能记住小时候的事。但是，还请问您，方田一郎这个名字是杨律师找到您，您没有经过任何提示想起来的，还是在提示下在脑海中出现的。”

“反对。”杨玲大声地说，“反对控方律师用这种方式提问。”

“反对无效，请证人如实回答问题。”茨里弗法官说。

“那时候……”

“王春燕女士，请您明确回答，是或者不是。”

“是。因为时间间隔得……”

“好了。”西姆律师说道，“我的问题问完了。”转过身，对着陪审团优雅躬身，说道：“王春燕女士之所以确定填写证明书的名字是方田一郎，是因为诱导。记忆表明，事件记忆和人名记忆上，事件记忆的清楚程度远远超过对名字的记忆，所以王女士可以毫不费力地说出小时候的任何一件事，但是名字记忆，我想在座的每个人都有过经历，当说起小时候某件可笑的事情时往往对事件主角名字记不清楚或者忘记，会拍着脑袋说：‘那个，那个人叫什么？’但是，眼前这位王女士却很确定地说，清楚地记住了名字，而且一个字不差，不是大田，山田，等等，而就是方田，显然这是不可信的。”

布东辉在休息区的烟灰缸里捻灭烟头，迎着杨玲走过去。长长的走廊，圆形柱上白色浮雕一半落着光，一半隐藏在暗处，暗处的模糊不清和明处的清楚，就像两个世界。“谈的结果很糟糕，是吗？”布东辉终于憋不住了问道，声音闷闷的。

杨玲没停下脚步，说道：“美国人跟我们不一样，打个比方，不管昨晚玩得多么疯，即使彼此间做了出格的事，只要第二天穿上西服，进入办公室，就跟大变活人似的，完全找不到昨晚一丝一毫的影子。所以，不要对他们抱有幻想。”说着到了大厅。杨玲指着大厅的导引图上的一个位置，说：“就是这了。”深深吸口气，对布东辉说：“在这等我，我去一下。”

布东辉点头，看着杨玲离去，转过脸，认真地看着那些字母，很专注的样子。

第二天庭审一开始，西姆律师首先出具了1979年到1989年在方田制药株式会社各个部门工作过的中国人名单。布东辉就知道昨天是彻底谈崩了。法庭的墙壁给人很厚实的感觉，西姆律师的声音没等到墙上就落在地上，发出那种让人不舒服的响声。西姆律师说，名单里就有杨玲律师1988年5月至7月在方田制药株式会社的打字室工作的记录，以及杨玲女士在那个时期的签名，“我想请问一下杨律师，您当时的主要工作是什么？”

茨里弗法官要求杨玲回答。

“主要是处理文件。”

“这么说只要是方田制药的文件都会在打字室出现是

吗？”

“当时我只是临时钟点工……”但是，她的话被打断了，西姆律师说：“杨律师我没有问你处理什么文件，只是问是不是方田制药文件都会出现在打字室？”

“应该是的。”

“那么，也就是说杨律师可以接触到企业机密文件，是吗？”

“我只是个临时工，而是工作的时间很短……”

“我很好奇，当时杨律师作为一个留学生，很需要这份薪资不低又体面的工作，但是为什么突然离开呢？方田制药是口碑最好的企业，没有之一，就是最好的，方田一郎社长享有诚实的人称号，对于任何求职者来说进入方田制药足可以证明其优秀，但是杨律师却放弃了这份难得的工作，而且很快就回了国，那么我是不是可以假想，杨律师当时做了不可告人的勾当呢？”

杨玲知道是自己把方田一郎咬得太紧了，所以对方才会咬她。她回答说：“有一点是可以赞成的，就是西姆律师承认自己所说的是假想，我想我不能对假想回答任何话。除非你拿出证据。”

“当然，杨律师可以不回答。”茨里弗法官说，“在控方没有拿出证据之前。还有，控方要对自己的话负责，不能涉及诽谤。”

坐在椅子上，杨玲突然有一个感觉，那就是自己已经被逼到一个角落了。

西姆律师站在陪审团席位前面，鼻子翘着，耸耸肩说道："是的，假想是不能成为证据的，我只是用这件事说明这个问题，而辩方律师一直在用假想来进行辩护。可以不否认布光明收养了日本遗孤，但就这个遗孤而假想是方田制药株式会社的创始人方田一郎先生是不是有点牵强呢？

"一直以来可笑的是，先是有个远藤夺取药方，然后再有方田社长偷走药方，这些故事本身就是漏洞百出。相信一位七十五岁的老人当年曾开过一个日本遗孤的证明，但是除了老人本身还有什么可以证明那是方田一郎先生呢？方田一郎先生在日本享有很高的声誉，而辩方编造的故事，对方田先生本身就是伤害，申请法庭停止这伤害。"

西姆律师再次申请法庭准许王春燕老人再次出庭。杨玲反对，认为王春燕老人身体原因不能出庭，但是茨里弗法官认为这要征求王春燕本人的意见。而王春燕老人同意了再次出庭，西姆律师没有问同样的问题，而是问昨天晚饭、天气，以及建筑等等一些琐碎问题。尽管杨玲一再反对，但是法庭还是允许西姆律师问了下去。西姆律师是想通过这些判定一个七十五六岁的老人是有记忆障碍的，以及思维灌输的记忆认定，西姆律师东一句，西一句，而且是车轱辘话地提问，让王春燕老人混乱了。

陪审席有了交头接耳。

杨玲站起来抗议西姆律师用这种诱导思维的方式造成证人混乱。

“反对有效。”

接着杨玲提出了证明王春燕所做证言的真实性，申请双方纠纷的焦点——也就是直接的当事人——方田一郎社长出庭。

西姆律师反对，认为方田一郎作为享有盛誉的诚实的人，不能在没有任何确凿证据下出庭。

茨里弗法官重申了出庭原则——自愿原则，他说：“法庭是没有强制力要求方田一郎先生出庭。所以，首先必须是方田一郎先生本人同意。”

第十五章

阳光这个一惯顽皮的家伙在树林里投下了跳动的光影。在一棵树下有块被歇脚的游人蹭得发亮的石头。一夫坐在石头上，注视着不远处正仰头望着树梢的父亲。树梢没有鸟鸣，树叶也不算茂盛，一夫不知道父亲在看什么。

“爸爸，爸爸。”他喊道，“您休息一下。”

“以前这棵树很高大、茂密的。”方田一郎说，“我还记得当时我躲在树上，你妈妈找不到我，吓得要哭的样子。”

“哦，真是难以想象，爸爸还会这样？”一夫说道，“那么，一定是恋爱的时候了，恋爱中的男人总会做一些意想不到的事情，这个是山隽经常挂在嘴边的话。”

“哦，又是那个雄边医生说的话。我跟你妈妈说过他是狗，追的却是猫，所以，一败涂地又伤痕累累是必然的。”

“哦！爸爸，这样说很苛刻，山隽是爱情至上的人。”

“我还记得小野笑你们是青蛙，拍一蹦一蹦的舞台剧。”

“小野组长就是喜欢夸张的。”

“不但喜欢夸张，还喜欢猜测别人的心思。”方田一郎说到这，看着一夫，又说，“而且还自以为是，总认为自己是对的，真是滑稽。”

“爸爸，好像是在生气？”一夫小心地看着他，问道，“如果出庭的事，让您不舒服，那么就拒绝吧！我让法务处理。本来这就是侮辱，小野组长和我都不同意爸爸出庭。”

“不要说了。”方田一郎说，“我已经决定了。”

“小野组长一直崇拜您。”一夫说，“追随您，也一直希望能为您做让您赞赏的事。但是这件事他很愧疚，给您带来了麻烦。但是，这个也是他没想到的，所以，他觉得很气愤。”

“怎么？他很气愤，气愤自己？”

“不是的，怎么会气愤自己，是气愤对方的仿制药厂，居然脸皮厚得想出如此的事情。想想也是气，杨玲小姐怎么能这样。”

“杨玲？”方田一郎疑问道，“怎么？”

“哦，爸爸，您可能不知道的，对方的律师曾是戏剧社的演员，山隽还曾介绍她到社里的打字室工作过。但是，不知道为什么工作时间不长就离开了。”一夫说道，“这样说，爸爸肯定不知道是谁了。那么，爸爸还记得和妈妈一起到戏剧社看那个舞台剧吗？我演随从，山隽演武士，后来山隽嘲笑我，说随从爱上了武士的情人的那场舞台剧。对方的律师就那个演武士情人的杨玲小姐。”

“这样啊！”方田一郎嘴里说道，脑海里浮现出打字室的情景，他站起来，走了几步，深灰色的户外套装暴露在阳光下面，灰色里呈现了暗细的纹路。他再次仰起脸，树叶的斑驳沾在脸上，分割了脸上的肌肤。他感觉自己不完整，就像碎玻璃的那些碎片。他突然想脱掉衣服，脱掉鞋子，在这树林里奔跑，就像八岁时一样，在奔跑中突然地倒下，但他希望倒下后不再睁开眼睛，不再看见那张搭救他的脸。

“爸爸，您是可以拒绝的。”

“拒绝什么？”

“出庭啊！”一夫有些惊讶地说，“证言本身就存在不可抗力的，人类脑细胞的记忆误差，那个叫王春燕的老人，毕竟已经七十六岁了。这是面对确凿证据无计可施的垂死挣扎罢了。爸爸根本不用理会的，但爸爸又答应出庭，这是自寻烦恼，不是吗？”

“怎么这么啰唆！”方田一郎有些烦了，深吸了口气，仿佛要把树林里的清新空气吸进肺里一般。

星期三早上，天气不算很晴朗，远处天边一团黑色，窥视般一动不动地挂着。方田一郎想乘公共汽车去地方法庭，进行法庭视频出庭。当然了，时间还早，因为时差，开庭时间定在晚上六点半。他觉得心态很平和，两天来曾经的事完全回到了脑袋里，而就在昨天晚上，他坐在茶台边，看着夕阳，觉得如果在乡下的疗养院整日地看着夕阳也是很不错的。他记起为了逃学躲在菜窖里偷喝桑葚酒，晕晕的，感觉身体就像油，忽悠流向这边，忽悠流向那边，木木的嘴唇吐着含糊不清的歌词，是妈妈美里子教的《青蛙》，“我们都是小青蛙咕咕呱呱呱……”想到这，他唱了起来，以前妈妈美里子教过他很多歌曲，因为妈妈说如果不是战争，她或许会成为一名歌手。“如果不是战争，如果不是战争。”他小声叨咕着，“砰”地，很大声地放下壶。突然，不想喝茶了，突然，就有点怕见到水精灵了。管家出现在门口，鞠躬问道：“您需要什么吗？”

他摆摆手，说没事。停了一下，又说：“这里太闹了，我想搬回别墅。”

“今天就搬吗？”管家惊讶又迟疑地问。管家六十岁了，在这几年里跟周围的邻居以及生鲜超市的女士们相处很好，应该说是相当的好。搬走，脑海里出现冷冷清清的别墅，一下子觉得难以接受。管家低头，有些吞吐地说：“您不是喜欢这里么，怎么突然想搬走呢？”

“怎么这么啰唆？”方田一郎突然不耐烦了，“怎么，不愿意？”

管家的脸从来没有这样苍白过，他把身体弯得更低了，而且保持了一会儿，直起来说：“是的，先生。”

“不是不喜欢这里吗？你当时很反对，不是吗？”方田一郎脸上有了疑惑。

“是的，当时是的，但人是会变的。”管家说道。

“人是会变的？”他叨念着，然后摆摆手，说道，“我知道了。”

云朵在天空中画起了一条条跑道，那团黑不知道躲到了哪里。但是，还是看不见阳光，仿佛还在跑道起点，等着“砰”的一声枪响过后才能透出亮光似的。

他有点恍惚，恍惚听见“嗒嗒，啪啪”轻快的，很像踏在石阶上的脚步声音。布宇曾无数次地，踏出这带着轻快节奏的脚步，在这脚步后面还有更欢快的脚步。是跟在布宇后面的村里孩子，他们手里拿着桶，跟着布宇的脚步。六爷教过布宇撒网捕鱼，还给布宇织了个小渔网。只有一种网眼，网小些的鱼，但是，布宇不喜欢小网，喜欢六爷的大网，村里的男人编麻编筐，只有六爷织网。六爷的一副网上能编结三种网眼，网不同的鱼。布宇十二岁了，趁六爷进山偷偷摘下大网，扛在肩上，走出门在村里小孩子面前走了个来回，等小燕子挎着土篮出现在路上时，他大喊下江网鱼。往下走，故意经过春燕身边时，撞了她的土篮，身后就传来春燕尖尖的喊声，他笑了。他就是那样，喜欢欺负小燕子，喜欢看见小燕子气得鼓脸、跺脚的样子。渔网沉坠得他肩痛，但是听着小燕子在后面的声音，就有了力量般挺直腰奔向江边。学着六爷样子走进江水里，等水没在腰上时，拿下肩上的网，没想到网在水里更重了，布宇很想像六爷似的左手右手抛渔网。但是，渔网根本不听他的，撒开时，渔网脱离他的同时也把他拖进了水里。

在水里，他看见水面粼粼的光，就在头顶，他伸出手够这光，但是这光好像挤压般地过来，重重地压住他的眼睛，在胸腔，又掐住喉咙。他恐惧极了，觉得什么也顾不了，什么也顾不上了，感觉自己马上要死了。

这是很久以前的事，此时此刻，在脑海里居然如此的清晰，就像发生在昨天，或者是刚刚，他几乎能感觉到江水的腥味，和那种压迫感。他大口喘气，真的就像被逼到了边缘，绝境的边缘。

“先生，您不舒服吗？”

忽然的声音，就像那双一下子捞出布宇的手，他一下子又能呼吸了，一下子又活了过来。他长长呼口气。

“先生，先生。”

“没事。”他说，“或许不用搬了。”说完，他摆摆手，闭上眼睛，脑海浮现出石子小路，就沿着弯曲的石子路，走到一座小桥前，桥下面的水很清，能看见石头在水里闪光。他看见自己俯在桥栏边，看见了晃动般的石块，那石块下面一定有蝲蛄。他真的渴望翻开石块，摸出蝲蛄，然后在岸边的石头上烤，烤得吱吱响。

下午，他让助理拿来了文件，以及行进的报表、各部门计划。就在他埋头时，小野悄悄地进来，第一次像个害羞小女孩儿似的，说道："社长，您不会责怪我吧？"

"会。"他没抬头，说道，"因为你是个蠢蛋。"

"是，我知道自己很蠢，总是给社长添麻烦。从二十岁那年开始，社长为了我被打伤，我就知道自己很蠢。"

"好了。"他脸上僵硬的表情松弛下来，说道，"你是够蠢，明知道打不过还非要跟人挑战，真是的。"

"但是，他们说社长难听的话。"

"难听的话，总比挨揍强。"

"不对，宁可挨揍也不能让他们说社长难听的话。"

"如果他们说的是真的呢？我确实是那样的呢？"

"不，不，不。"小野有些慌张，"不是的，那些都是假话。"

光线出现在墙上，地图前的玻璃上好像抹上了白色雾气般，模糊不清了。这是个错误，他的脑海里突然冒出这句话。

最终，他还是没能如愿，按照自己计划的，四点钟离开办公室，慢慢悠悠地在街边的小店简单地吃些晚餐，然后依然慢慢悠悠地，如同闲逛的人四下瞧着，看着，慢慢地，悠闲地，去到地方法院。

在第一个看着顺眼的小馆前，他没有迟疑地走进去，晚餐时间还要一会儿，但是店里已经有了一些客人。他坐在靠窗户的椅子上，看上去像是一心等着晚餐。突然的，他站起来快速地离开座位，跨到门口，推开门的同时，招待员端着托盘走过来，看着他的背影，莫名其妙地张着嘴巴。

很快的，他站在街边一处固定停车的地方招手，车子停在他身边。他有些慌张，吩咐快些。街道上人多起来，人们不断地从积木般的房子里涌出来，就像一群获得自由的囚犯，兴高采烈但又不识路径般四处乱撞。他很着急，一路张望，等一眼看见桑葚树的高高的枝叶时，他一下子清醒般安稳下来。

管家跟在他后面，眨着眼睛说道："先生，您这是找什么？我帮忙好吗？"

从卧室到客厅，脚下是从柜子里拉出来的领带、腰带、帽子、围巾、还有毛巾等小东西。他转过头，流下来的汗珠挂在眉毛上，颤巍巍地闪着晶莹的光。

"那个棒球帽，灰色的，长长帽檐的那个。"他几乎低吼着说道，"为什么乱动我的东西？"

"哦，哦，那个棒球帽，我知道，我知道的。"管家说着，快步跑向他的房间，那里曾经是一夫房间。过了一会儿，管家举着深灰色的棒球帽出来。他接过来，对着镜子戴上，左看右看觉得满意了。方田一郎朝门口走去，眼睛上有了一圈硬硬的暗影。

在地方法庭，已经坐有一夫、小野、三木，以及法务部长。方田一郎被领到一张没有扶手的椅子前坐下来。“咚”，法官槌落下，书记员请大家脱帽。他没动，如同没听见般一动未动。这时，视频里出现了联合法庭，从画面看茨里弗法官的脸更肿了，在宣誓前，请所有人脱帽。他依然没动，这时他感觉到来自小野、一夫以及所有人的目光。这目光让他感觉焦躁。他已经好久好久没有这样焦躁了，这时焦躁让他肌肉紧绷起来，毛孔紧紧地闭合，而汗毛却很紧张地抖着。他把手攥成拳头，又松开，然后慢慢地把手抬起来，搭在帽檐上，轻轻一掀，露出白发边缘。他的脑海里浮现出布宇从木箱子拿出药方的情景，他一眼就能看出布宇的贪婪、冷漠。他唾弃布宇，发誓要成为一个诚实的人。

霍地，掀开边缘的帽子又重新扣在头上。他站起来，在所有惊愕的眼神中离开证人席，看上去旁若无人地走向门口，并且丝毫没有停留地推开门。

暮色的璀璨正在街头开放，感觉黑暗与明亮一样清晰，清晰得地面上遗落的一片纸屑，甚至一丝头发都能看得清清楚楚。

第十六章

方田一郎还是搬回了别墅，而且破天荒地休息了几天。他第一次觉得懒惰也挺不错，不用管时间、计划，更高兴的是不用看见关注的目光，不管这个目光是崇拜，还是唾弃，镌刻在身上都如同盔甲般很沉重。早上不再必须起来，躺在床上听见鸟儿的叫声，就像一个乡下小姑娘看见橱窗里陈列的布娃娃，发出清脆而又欢快的笑声。在这个安静的地方，他再一次如同二十年前般有了自在的感觉。悠闲地提着喂食桶去后山，但是置身在树林里，落叶盖在泥土上，散发出灰尘的味道，这气味让树林也仿佛布满了烦躁易怒，每走一步都会听到，树枝在身边、在脚下的“咔吧，咔嚓”的抗议声。风穿过失去叶子的枝条，不再欢快，而是发出沉闷得如同低吼般的嗡嗡声，仿佛树林在生气，在跟他生气一般。而且，鸟儿也不再是似曾相识的鸟儿了，对于他的闯入意见不一地争吵，好像对食物也半信半疑。他感觉不愉快，慢慢走着，突然有了生无可恋般的百无聊赖。

小野来过两次，第一次没说什么，只是用小孩子般可怜巴巴的目光看着他。第二次看见他懒洋洋地从催眠午睡椅起来，就小声嘀咕，“社长，还真是能睡着。”

昨天，管家在他午睡时间开车出去，回来时脸上带着甜蜜的笑对他说，觉得还需要一个女工。

刚刚，小野来时，恰好看见管家和新来的女工说笑，于是，接着嘀咕：“什么嘛，就像一条公狗跟在母狗身后。”

“真是难听。”他也听见女工清脆的笑声了，但是他觉得在这栋了无生气的房子里，需要这象征着生命力的声音，于是说，“不觉得丢脸吗？”

“社长，您怎么能容忍呢？”小野彻底不满了，“在您眼皮子底下乱七八糟。”

“是来指手画脚的，还是来抱怨的？”他问道：“很闲，是吗？没有工作需要做了？”

“哦呦，怎么会哟！”小野说道，“进办公室被记者堵上，出办公室被各种邀请活动堵上，刚刚从长治大学出来，大学生们以为我是您，说：‘方田先生，您真酷极啦。’真是尴尬。”

方田制药株式会社一直扶持大学生科研项目，主要是方田一郎的原因，每年投入的如同扔进水里的钱，让董事会觉得过于庞大了。但是，在董事会上，他说想象力和创造力是需要培养的，培养的目的是让灵感降临，工作的最高境界就是，让工作变成艺术。最后这句话，一直贴在方田大厦。

“哦，听起来还是抱怨。”方田一郎舒服地换个姿势，用从没有过的懒散姿势，看着眼前坐得挺直的小野，心里想自己总是喜欢像小野那样挺直，现在看小野的样子好像很累似的。他在心里说，不想累了，是真的累了。

“社长，您这偷懒时间也够长了吧！”小野说，“都快一周了，社里有很多事情还需要您决定呢！”

他没有说话，有些出神地望着阳光，他脑海里没有出现方田大厦，走廊，办公室，而是出现了地图，挂在墙上，在玻璃镜框里的地图。一下子，清醒般坐直了，懒散就这样消失了。焦虑又有点担忧的神情让他语气有些急促，“都有什么事？”

“哦哟，社长这是在装糊涂吗？”小野不满地说，“三木的成绩难道不值得嘉奖吗？”

他看看小野问道：“三木得到了董事们的赞许，是吗？”

“是的，这件事足够让董事们看清楚一个人的魄力比专业更重要。”

“想必董事们在你的游说下，已经表态了吧？”方田一郎又恢复了冷静的神情。

但是，这个神情是小野喜欢的，在他心目中的社长就该这样。小野有些得意地承认了，然后，又说下周三三木准备了庆祝活动，而且还要给社长一个惊喜。

“什么惊喜？”

“不能说的。”小野笑嘻嘻地说道，“所以，社长只能偷懒到下周三。然后，社长还要带领我们进入新的征程。”

“恐怕是带领不了，走不动了。”他心里这样想着，但嘴里却说：“为什么是下周三呢？”

小野呵呵地笑了，抬起右手臂在空中做一个挥拳动作，说道：“因为社长的有力一击。”

那天，方田一郎从法庭离开，被小野形容成最有力的一击。

“方田一郎先生有他充分的理由离开。”当时法务部长也跟着他出去，回来后站在席位上说，“我所说的理由不仅仅是法律上的理由，还有人类规则的理由。在法律上的证据是真实有效的，方田一郎先生是享有诚实赞誉的人，这个赞誉由来已久，但是，在这种情况下要求核实一个不确定的假想，那么，显然是对方田一郎先生的侮辱。这一切的症结问题，按照方田一郎先生刚刚说的，一切该结束了。是的，一切闹剧该结束了。至于布宇是不是有其人，是不是臆想的某个人，都不重要，重要的是二十四味归元散是仿制品这个事实，抛开这个事实是脱离诉讼主题本身的，这种偏离也是法官在职业准则上的偏离……”

六个小时后，陪审团有了结果。首先对王春燕老人的记忆投不信任票，对于辩方律师提出方田一郎就是布宇，而归元膏的药方是仿制二十四味归元散，属于不成立的推理假设。鉴于归元膏的出现时间，以及专利检索等证据，确实有效，宣布辩方在有效时间内能够提供新的、有实效性的证据，包括文献、检索，以及经确定的证人证言，可以再次申请进行庭审。如果在法定时效内没有新的有效证据，法庭不再开庭，判决结果生效，日本方田制药株式会社胜诉中国秀山制药厂。

下个周三判决就生效了。

小野、一夫，以及所有属于小野、一夫团体的人关心着事态，判决生效意味着三木跨上了一个台阶，也意味着他们这个团体不会有波动。但是，还有一点可以肯定，小野确实像爷爷那样喜欢三木。在这件事上，他觉得自己被迫罩上了光环，一个蜕变成老狐狸的光环。那么，他是老狐狸吗？他问自己。大岛竹内说关键决定都是潜意识决定，不要否认，因为否认是没有用的。

周三下午两点，午睡后助理来接方田一郎。四点的庆祝会，三点到办公室，他觉得有些事必须处理。

车子绕过一个街区后，又沿着青山街拐到庞子的饺子馆胡同口，牌子已经变成了韩式汤饭。他松了口气，示意左拐。经过石桥时，看见石桥上面有一对情侣在桥上拥吻，专注得完全忘记了下面车流穿梭。

人行道上都是人，一家新店门口聚集着佩戴彩条的人。这个世界上的人都好像喜欢庆祝，他这样想。过了这条街，迎面是高高的广告牌，牌面是三木托着归元膏的大幅照片，像明星一样故作深沉的神情。广告牌不远就是方田广场，方田大厦就在广场的后面。广场上人很多，而且大多是一队队的游客。在广场各种宣传台前，围成一圈一圈。在这些圈里穿梭着标有方田制药的、穿着成玩偶的、脚下踏着滑板、手里拖着托盘的青年。托盘里面是同样有方田制药标记的、可以挂、可以贴的小玩偶挂件。滑掠过游人身边时，手法快速地把玩偶贴或者挂在背包上。

“这是三木部长策划的，赠送方田制药吉祥物，凭吉祥物还能领一杯清热茶。”助理解释道。

“吉祥物？是什么？”方田一郎问道，“黑熊？”

“是功夫豹。”助理说，“三木部长亲自设计的。”

“豹？怎么长得像熊？”他问道，“难道，三木是照着一夫的身材设计的？”

助理不敢笑，但是又忍不住笑，脸看上去扭曲着，就像尿急的样子，“这是为了可爱。”

“可爱？胖胖的可爱？三木还没有脱离十五岁。”他说道，“但是却要统领方田制药，真是疯了。”

助理吓了一跳，立即闭上嘴巴。

车子停在方田大厦门口，他踏下车门，阳光落在脸上，照在皮肤的纹路上，让他看上去很健康。穿着白色的衬衫，衬衫的领子让他不自觉地动了动脖子。这下好受多了，他觉得。踏进大厦，走向电梯，地面反射洁净的白光，就像一片没有足迹的新雪。

这时，一个影子快速移过来，突然站在他面前。是一个中年男人，用一双看上去温和的眼睛望着他，说道：“您是方田一郎社长吗？”说的是中文，“我是布东辉，从中国来的。”

三天前，布东辉和杨玲来到了日本。他们的酒店就在方田大厦对面，当天，布东辉和杨玲先去了方田制药株式会社大厦。接待小姐说方田社长在休假中，现在所有的访客都由接待部接待，布东辉坚持必须见到方田社长。接待小姐说那么只能登记了预约访客名单，等社长休假结束后递交访客名单，如果社长决定会见，一定会第一时间通知的。

到了酒店，布东辉站在窗前，看着下面的广场。杨玲说时间还很早，可以带他到附近溜达溜达。布东辉说就去广场看看就行了。

第二天，杨玲去了顺治大街。走在那条石板路上，觉得这里变化不大，房子店铺还是那样的窄门，透着宁静的感觉。走了一段看见了小小的售票口。这个剧场就是当年自己演过舞台剧的剧场。

推开门进去，里面有几个人正在忙，一个穿着淡蓝色衬衫的男人正在指挥布置一条延伸的树林。

“您好。演出晚上才开始，很抱歉，现在还不能接待您。”一个人经过她身边时，躬身说道。

“我想请问剧场的负责人，还是雄边山隽先生吗？”杨玲躬身问道。

那个人看她一眼，指着穿淡蓝色衬衫的男人说：“那个就是。”

杨玲站在那里注视着穿淡蓝色衬衫的雄边医生，心里有说不出来的，对于岁月、人生的那种感叹。就在她直直的注视中，雄边医生转过身，仔细地看着她，过了一会儿，雄边医生露出牙齿，几乎大喊道：“杨玲小姐，您是杨玲小姐！”

“您是雄边山隽团长。”

坐在剧场上面的阳台，雄边医生笑着说：“真像做梦，杨玲小姐居然坐在我面前，要是一夫知道了，恐怕要惊讶地大嚷呢！”

“一夫君还好吗？当年一夫演随从，我还记得他背台词的样子，很认真的。”

“他还是那样，做什么事都很认真的。当年我开玩笑，说他演得情深意切，是喜欢上了武士的情人。他很认真地警告我呢！”

“警告什么？”

“不许瞎说，杨玲小姐是好姑娘，不要损害人家的名誉。”

他们一起笑了起来，杨玲说一夫君的思维还真是不同。

“我也这样说，但是，您知道的，一夫君就是那样的人，骨子里一点儿幽默感都没有。”

“但是，这丝毫不影响你们的友谊。尽管雄边团长是非常幽默的人。”

“是的，我们的友谊就像这栋楼，经历了岁月也经历了战争但依然在。”雄边医生说道，“只是杨玲小姐，抛弃了武士和情深意切的随从，独自远走高飞了，所以武士和随从一直很伤心。”说到这，做了个伤心的表情。

“谢谢，谢谢山隽君。”杨玲说，“时隔这么多年，山隽君依然没有变。”

“难道，杨玲小姐变了？”

“我想是的，我变了很多。”杨玲说道，“想想当年是这样的，山隽君，我想我该说谢谢，当年您介绍我到方田制药工作。”

“哦，还记得这个。只是不知道你为什么突然离开了？”雄边医生问，“我和一夫还猜测你是回国结婚了，是这样吗？”

“不是的。是申请到了美国大学的奖学金。”

阳光跳跃在玻璃杯上，分裂出的光芒，就像无数碎片。

沉默了一会儿，杨玲先开口，问道：“方田社长还好吗？”

“社长很好，不过在休假。前天去探望时，社长正在清理通往后山的路，说要铺上青石板的台阶。看样子真像传闻的那样，社长或许是想退休了。”

“他身体很好，不是吗？”

“是的，很好。但毕竟已经七十六岁了。”

“那么，一夫会是接班人？”

“哦，不是的，怎么会是一夫？是三木，一夫的儿子。性格不像一夫，很像社长。”

“那么，年龄不是很年轻吗？”

“年轻是年轻，但三木做事很果断而且冷静，有计划，布局详细。之前董事会对他还有点儿疑虑，据说三木是胜了一场官司，让董事会解除了疑虑。”

“那么，山隽君知道是什么官司吗？”

“怎么？”雄边医生疑问的神情里有点儿不舒服的内容，说道，“不知道，杨玲小姐怎么问起这个？”

“我想我应该告诉您，那场官司的辩方律师就是我。但是，我输了官司。”

“哦，真是抱歉，让杨玲小姐不舒服了。”

“没有，只是我的当事人想见见方田社长。”

“为什么？”雄边医生问道，“要打架吗？”

“不是的，怎么会。”

“那么，为什么见面？”雄边医生好奇地问道，“见面能改变什么吗？我是指结果。”

“我想不会，或许什么也改变不了。”

“那么，为什么还要见？”

“我也是跟我的当事人这样说的。但是，您知道的，有的人就是很认真，执着，有些事或者有些话一定要说出来，哪怕最后一败涂地也要说出来。您是医生，您明白疾症是要从根本上解决的。”

“杨玲小姐是想请我做什么？”雄边医生说，“不过，在这件事上，我想我什么都不会做的。”

“我明白的，只是方田社长在休假，不知道要到什么时候？”

沉默的空气中有些呼吸不畅的感觉，杨玲笑了笑，站起来告辞。雄边医生送她到门口，就在杨玲转身时，他说道：“周三，或许方田社长会去社里。”

眼前的方田一郎跟三十年前比老得太多了，但依然很精神，白发依然保持着以前的分头。当方田一郎的目光落在随后过来的杨玲身上时，有了一丝慌张。二十几年前在打字室的情景浮现出来，一下子脸颊有了发烧的感觉。杨玲还是那个样子，平静中带着凌厉，但岁月让她优雅。“您好，方田社长，不知道您还记得我吗？三十年前我曾在贵社的打字室工作过。”她说道，“我叫杨玲。”

“杨玲小姐，怎么会不记得。”方田一郎说，“那时候觉得杨玲小姐长得很像一个人，所以……”说到这，微微躬身，又说，“当时一定给杨玲小姐造成困扰了，是吗？”

实在没想到，方田一郎很轻松地说出一直在她心里盘旋成疑团的事，杨玲有些尴尬，躬身轻声说：“没有的。”轻轻呼出一口气，接着说，“这位是秀山制药厂的法人代表布东辉先生。”杨玲再次介绍。

阳光离开了宽宽的玻璃窗，在地面显得有些白，真的就像落了一层雪似的。助理沏好茶放在茶台上，鞠躬退了出去。屋里就剩他们三个人了。布东辉想好了很多话，但此时此刻，在这个满头白发的老人面前，却不知如何开口。莫名其妙地，这个老人让他想起了自己的父亲和五叔。

他望着屏风，看见了雕花案子，以及上面的字，心里一动，说道：“方田先生，您写书法？”杨玲翻译完，布东辉站起来，走过去，说道："隶书？"

"是的。"方田一郎看见这个中年男人心有些慌，他反复地在心里告诉自己，你的心愿达到了，你不是曾想见他，不是吗？但是为什么见了却像小孩子般胆怯，一切不都过去了吗？但过去了吗？他问自己，能过去吗？

"社长，您很喜欢写'山'字？"布东辉问道，"我父亲叫布小山，他说小时候村里的孩子跟族长六爷学习过隶书，写这个'山'也是扁扁的，宽宽的。父亲说，六爷说山不在高，而在绵延。我们村子在山坡上，有三百多年的历史，村里有一条小路，小路铺着石板，下至江边，上通树林。我小时候总和村里的孩子在石阶上玩挤香油，有一次我把一个孩子挤倒在草丛里，那个孩子骨碌骨碌滚下去。我父亲说他小时候也这样玩，但是多是他被挤下去，当时他有个绰号，叫软皮蛋。当然了，村里的孩子都有绰号，小燕子叫小老太，布小五叫鼻涕虫，族长六爷的儿子布宇叫小哑巴。后来，我离开了村子，但是我父亲说足迹已经留在那里了，每条路，每块石子，每棵树，每只鸟儿，都记载了痕迹，永远都不能抹掉。"

屋里安静得几乎能听见茶水蒸发的噗噗声。杨玲翻译完，看看布东辉，又看看低着头的方田一郎，说道："方田社长去过中国吗？"

"没有。"方田一郎回答，他现在又感觉到艰难了，他觉得头有些晕。

布东辉回来坐下，喝了一口茶，说道：“但方田社长晒架上写着‘中国’两个字。”

“哦，两个月前写的。”

“我想请问一下。”布东辉顿了一下，直直地注视着他，清晰又缓缓地说，“那么，方田社长去过中国东北，是吗？”

忽悠，听了这话，很明显的，他的身体就像被击了一拳，晃了一下。杨玲刚要翻译，被布东辉制止了，他们相互看了一眼，彼此心里明白了。

黄亮的光芒，就像蛋糕上面的奶油，凝滞在房间中，也凝滞在他胸腔里，那叫心脏的东西，正在逃离般四下乱闯，就像要逃出凝滞一般。“方田社长去过中国东北是吗？”

“嘭”的一声，门像是被撞般开了。出现的一夫看上去像是被追赶般的神情，一边鞠躬问好一边走过来。杨玲站起来，弯腰鞠躬，“一夫君，好久不见。”

“不知杨玲小姐到来，所以没有尽到地主之谊，很是失礼。”一夫语气依然很匆忙，好像立即要走一般。

“还请一夫君谅解冒昧。”杨玲说道，“这位是中国秀山制药的法人代表布东辉先生。”

等杨玲介绍完，一夫和布东辉握手问好。然后，一夫转向方田一郎说道：“爸爸，庆祝会的时间快到了。”

“哦。”方田一郎像醒过来一般，站起来往外走，走了两步仿佛才想起还有客人，又转过身，说道：“抱歉，还有事情，失陪了。”

“方田社长，您还没回答我的问题，您到过中国东北是吗？”布东辉跟了两步，站到他的旁边，说道，“小燕子阿姨说六爷的儿子布宇，非常不喜欢写字，每次写‘一’时中间都停顿，所以每个字的‘一’中间都有结似的。方田社长，我知道您听得懂中文，也知道我说的是什么。小燕子阿姨说布宇很淘气，每次她从树下路过，布宇都往下扔石子。但却从不跟她说话，或许是她太厉害了，所以布宇讨厌她。但是，当她知道布宇要走时，特意回了村里想送送布宇。但是，那天早上，她站在村头看见布宇走得很急，并没有回头看她。”

方田一郎一动不动地站着，直直地盯着虚空的点。

“小燕子阿姨说，布宇的证明是她写的，但是突然知道布宇的日本名字很紧张，‘一’字多写了个勾，后来描得很粗，就像黑黑的虫子。方田社长，小燕子阿姨说的是事实，是吗？”

“杨玲小姐，请您翻译一下，好吗？”一夫在一旁焦急地说道。

杨玲只是躬身，没有开口翻译。

“方田社长，您就是布宇，是吗？”布东辉问道，“法官说您是诚实的人，所以，请您告诉我，您就是布宇，是吗？”

方田一郎的父亲在水里挣扎时，他一动不动地站着，不是因为害怕，而是他就是那样希望的。事情发生后，他一直不想承认，大岛竹内说，他的内心永远没有他那么会表演。既然他把自己打造成演员，那么就好好表演吧！

于是，他微微抬头，侧了侧身，眼睛看着布东辉的鼻子，用中文说道：“不是。”说完，步伐快速得如同跑一般走出门，走进电梯。

会场里已经有很多人，所有人都对着他笑，那些笑脸在他面前就像一团团云，飘着。他保持着威严的样子，他决定闭住嘴，平衡呼吸，让正拥挤的喉咙得到缓解。在掌声里，他稳稳地坐下，小心地呼吸，不让别人觉出他的心正不安分地乱撞。等所有人坐了下来，小野走上台，接着三木跳上去，他们的脸在他看来都是表演般的热情洋溢。

他的双手就像两只叉子那样叉在一起，然后紧紧握住，偷偷看着旁边人的表情，也是热情洋溢的。他想知道小野和三木到底说了什么话，让所有人都呈现这滑稽的表情。但是，他听不清楚，他感觉到那些话就像无数蜜蜂，在他耳边绕着，却不肯进到耳朵里。他有些焦急。

就在这时，所有人又站起来了，而且面向他再次鼓掌，他不知道怎么回事，试图避开，于是也像所有人一样，鼓掌。果然，大家不再面对他，而是转向台上。从台子两侧各出现了两个人，一侧的两个人手里拿着卷筒，另一侧两个人抬着蒙着布的镜框。

布东辉和杨玲从方田大厦里走出来。来到广场，坐在喷水池前的石阶上。广场有几处宣传表演，还有各种宣传体验点，一队队戴着不同旅行社帽子的游客涌进广场，每顶帽子就像顶在头上的彩球，这些彩球移动着，又聚在一起，就像变幻的万花筒，组合着不同的图形。滑板青年在这图形里穿梭着，把彩球聚成一个大圆球，但是过了一会儿，圆球就像剥开的洋葱，一下子散开，然后又聚，又散。

这时，有两个七八岁的小男孩儿，一个稍高一点儿，一个稍矮一点儿，从这些聚散的圆球里出来，坐在旁边的台阶上，双手托着下巴，盯着地面，地面上重叠的影子就像天空上挤着看热闹的云。两个小男孩儿很郁闷，他们听不懂叽里咕噜的话，看不懂蝌蚪般的字，这让他们觉得自己变成了傻子。摘下印着“中国国际旅行社”的蓝色帽子，戴上，又摘下，又戴上。之后，开始无聊地四下张望，到处都是兴致勃勃采购的人，两个小男孩儿相互看看，叹气，再次托着下巴，望着地面。

与此同时，会场的热烈气氛达到了高潮。在小野的示意下，三木和那两个人展开了卷筒，是三木办公室的世界地图。接着，三木又掀开蒙着布的镜框，是镶木框的亚洲地图，挂在方田一郎办公室墙上的地图。现在看来，镜框确实陈旧了，上半部和下半部的木框颜色有了差异，左侧木框中间凹缝处掉了皮，露出一道白，右侧上角裂开的缝，就像一道深沟。他盯着地图，一下子，如同被击中般清醒了，耳道好像灌进了凉风，被冲刷得通透。

“这是我爷爷的心愿，也是方田制药株式会社每个人的心愿，占领亚洲市场。现在，我想说，这个愿望我们可以实现了。而接下来，请方田制药株式会社的创始人，我们的社长，我的爷爷亲手换上这张世界地图。因为从今天起，方田制药株式会社将出现在世界的每个国家……”说到这，一挥手，一个端着托盘的人走上来。

三木拿起托盘里的螺丝刀，对着木框后面拧了几下，“当啷”，一颗螺丝钉落下。这个声音不是脆的，欢快的，而是闷闷的，闷得让他觉得头“嗡嗡”的。“当啷”，再一声，掌声再次响起，所有人站起来，他也站起来，然后突然地弹起来，向台上奔去，那双腿恢复了当年豹子般的敏捷，他跨上台。就在三木拧第三个螺丝时，他直扑过去，夺下镜框，然后，就像当年镶完地图时，一手勾着一手握着夹在腋下，在小野、一夫、三木以及所有人惊愕的目光下，快速地走向门口，走出会场。

站在电梯前，杂乱的脚步声追了出来。电梯门关上的瞬间，他看见了小野、一夫以及他们后面的人脸上的不知所措。但是，他顾不了，他只有一个念头，逃开，快点逃开。

时间过了五十五年，他再次听见了那个深藏心底的声音。这声音让他慌极了。跑出大厦，跑进广场，融进河流般的人群。他听见肺“呼哧呼哧”的声音，听见心脏“咚咚”的声音，他感觉双腿被坠住般沉重，手臂里的镜框被抓出了水般，又湿又沉。额头上的汗流进眼睛里，他睁不开眼睛，他停下来。慢慢地把镜框靠在腿上，抬起抖动的手擦拭眼睛。

“啪嚓”，镜框如同经不住他腿的抖动般，摔在大理石花纹的地面上。昏黄的阳光再次分裂出真正的四分五裂的光芒，镜框里的亚洲地图在这光芒里红和蓝交织出的线条愈加清晰，就像要脱离地图一般。

在台阶上的两个小男孩儿看见了这一幕，他们觉得这个白发苍苍的老爷爷需要帮助。于是，一下子跳起来，像风一般跑到他面前，扶起方田一郎正弯下的腰，大声地说：“爷爷，我们帮您。”说着，一人一手抓住镜框的左右角，使劲往上一提，哗啦哗啦，玻璃落下来。两个小男孩儿有些慌了，本能地往后蹦，“啪”的一声，接下来是“嘶啦”一声，镜框散了，地图被撕成了两半。

风过来了，托着从地图后面飘出的两张纸，贴着地面往前移动。方田一郎觉得什么东西击中了他，踉跄一下，向前扑，试图去抓那两张正离开他的纸。但是，那两张纸像是决心抛弃他一般，飘飘悠悠地向前飞去。

这个情景让正不知所措的小男孩儿快速相互对视了一眼，补偿过失的神情出现的同时，不约而同地抛下手里的地图，奔向那两张逃跑的纸。小男孩儿掠过了方田一郎，就像两只麻雀般迅速轻盈地扑过去，一下子抓住了两张纸。

此刻，两个小男孩儿手里都各有了一张纸，他们满意地喘口气，如负释重地对着方田一郎扬了扬这只手。

阳光照在纸上，黑灰色的字体在光线下奇怪地浓重起来，仿佛回到原来，最初书写的时刻。方田一郎愣了，盯着那些字，脑海里突然出现了那个在炉前熬墨，叫布宇的男孩儿。他闭了眼睛，鼻子里仿佛闻到了那股香气，这香气绕着，绕着，就像从来就没离开过一般。

“呵呵，呵呵”，笑声传过来。是稍高的小男孩儿的笑声，这是真正的眉开眼笑，发自内心的笑。因为在这么多天的行程中，他第一次看见全部是中文的纸，于是，他大喊：“我认识上面的字。”

稍矮的小男孩儿看了一眼手里的纸，更高声地喊：“我也认识上面的字。”

就这样，清脆的声音就像“哔啵，哔啵”的水流动在空气里：

“布宇，日本名字方田一郎，系侵华日军方田拓也之子……”

“二十四味归元散，人参0.2钱，山药枣0.3钱，桑葚果……”

“1945年被遗弃在桦树原日军营地，被秀山村布光明搭救，抚养，1960年日本亲生母亲……”

“土鳖虫0.4钱，桑葚叶……”

接下来，长话短说，方田一郎站在那里，他身边围着追过来的小野、一夫、三木，以及那些崇拜他的人。还有逐渐聚拢过来的中国游客。

方田一郎感觉自己再次落进水里一般，肺、喉咙被挤压着喘不过气。眼前的一切都隐没了，除了明亮的、晃动得如同水波般的光线，他看见了一双粗糙有力的手正伸向他，是六爷的手。方田一郎举起双手，就像当初一样。

风停在彩旗上，注视着眼前的一幕：在两个中国小男孩儿面前，一个白发苍苍的日本老人，高举双手，仰望远方。